MICHI

道

親たちの「非行」体験 第4集

「非行」と向き合う親たちの会　編

道――前を向いて歩き続けるために　目次

本文イラスト　斉藤みどり／十記生

はじめに

本書は、「非行」と向き合う親たちの会（通称・あめあがりの会）が編集した、体験記集の第四集となります。

第一集は、一九九九年九月、あめあがりの会が誕生して三年後に、広く原稿を公募し、集まった多くの原稿から選考させていただき刊行した、『ARASHI―その時』です。

第二集は、それから三年後の二〇〇二年四月に、『絆』のタイトルで刊行しました。

第一集の本には、十四人の体験記が掲載されています。「非行」の問題を率直に綴ったこの本は、全国各地で親たちが孤独と闘いながら懸命に生きている姿を映し出し、多くのマスコミにも取り上げていただきました。

寄せていただいた原稿は、本人のもの以外は、すべてが母親で、父親のものはありませんでした。子どもに問題が起こり、大変な嵐の時にそれと懸命に向き合っているのはやはり母親だけなのだろうかと、日本の子育て事情の一端が垣間見えたようにも感じました。

ところが第二集には、五人の母親、三人の父親、そして、「非行」当事者本人と中学校教師と保護司がそれぞれ一人ずつ、計十一人が原稿を寄せています。父親の一人は、我が子が被害を被った方でした。多様な方々が、会の活動や親たちの思いに関心を持ってくれて、広がりが感じられました。

そして、第三集はその二年後に、当事者本人とそのきょうだいの声だけを集めて、『NAMIDA―それぞれの軌跡』を刊行することができました。十八歳から二十八歳までの十一人の手記には、後悔の涙、くやし涙、悲しい涙、喜びの涙……いろいろな涙が読み取れる感動の手記集となりました。


あめあがりの会は、それから十五年を経た二〇一八年（平成三十年）三月に、「未来を強くする子育てプロジェクト」子育て支援活動の表彰（住友生命保険主催）において、文部科学大臣賞をいただくという栄誉を受けました。

本書は、その受賞を記念して、新たな体験記集を発行することを決めて公募を行い、約二年がかかってしまいましたが、寄せられた手記をまとめたものです。

会が誕生して二十四年となりました。子育ての環境は、さまざまな変化を見せています。

そして今、新型コロナウイルスに世界中が翻弄されているさなかです。この本が皆様に届いたとき、その状況は変わっているでしょうか。
なお、諸事情により、仮名で掲載されている手記がありますことをご了承ください。

二〇二〇年十一月

「非行」と向き合う親たちの会

我が家の十年戦争から

今野智恵

■その日は突然に

その日は私にとって突然やってきた。

次男が中学一年生の一学期終業式の日に、タバコと整髪料を持っているのが担任に見つかり、私は勤め先から学校へ呼び出された。そのことを皮切りに、次男の「非行」が始まった。

「非行」は、ともすれば犯罪へと結びつくおそれがあると、私は教師と一緒になって、大事に至らないうちにその芽を摘もうとやっきになって対応した。学校と連絡をとり合い、教師と一緒になってまったく同じように対応することが効果的なんだと信じきっていた。しかし、次男の「非行」はエスカレートしていくばかりであった。トラブル続き……。

二歳違いの長男は同じ中学の三年生であった。次男が学校内だけでなく地域や他校にも悪名を轟かせて、それだけに、ときには弟に向けられるべき逆襲を受けたり、教師から弟のことで意見されたりと、つらい思いをし身の置きどころがなかったと思う。

受験勉強どころではなかっただろうが、私は次から次に起きる次男の「非行」に対応するのが精一杯で、長男のつらい思いに添うことができなかった。そのような状況下で、我が家にとって、いまだに忘れたいのに忘れることのできない事件が起きた。

その日は長男の満十五歳の誕生日であった。夕食を兼ねた家族四人での会を、次男の久し振りの笑顔で終えホッと一息入れたときに、それは始まった。長男が、夕方からやっていたが終わっていない部屋の片付けをやり出し、些細なことから次男と口ゲンカを始めた。あげくの果てに二人で取っ組み合いとなった。

夜の十時、集合住宅での大きな怒鳴り声と、ドタンバタンという音。二人の間にどうにか私が分け入り、やっと引き離した。二人は互いに煮え切らないまま部屋に戻った。しかしその後、再び長男がブツクサとぐちを言い出した。「あんなやつ人間のクズだ!」と言うので、「そんなことを言うものじゃないよ」と私は注意した。

この時、離れて事の成り行きをうかがっていた夫がやおら立ち上がり、「そういうことを言うのは許さない！」と言いながら、長男の襟首をつかみ振り回した。「どうしてそういうことを言うんだ！」と夫は長男の頭と背中を殴り出した。長男が「何で俺が悪いんだよーっ！」と叫んでいたかと思ったら、そのうちに「苦しいよ！　息ができないよ……」と呻き声となっていた。

私は咄嗟に、長男の襟首をつかんでいる夫の腕を解こうとしながら、「お父さん！　落ちついて！　手を離してっ！」と必死になって叫んだ。長男の顔はチアノーゼになりかかり、目は大きく見開きもがき苦しんでいる。

■誰にでも起こり得る危険

このとき私の頭をよぎったのは四年前のできごとだった。妊娠八ヵ月で産まれ出ることのできなかった三人目の我が児。私自身も生死をさ迷い、助かりはしたものの立ち直るまでのつらい日々のことであった。

どんなことがあっても長男を死なせるわけにはいかないという思いで、長男の名を叫びながら、やっと夫の腕を解いた。夫はボーゼンとしたまま、事の成り行きが理解できずにいた。長男は「痛いよ！」「苦しいよ！」と言いながら吐き始める。喉に詰まった物を吐き出させ、ゆっくり深呼吸を促した。

あえぎながら長男は、「人殺し！　それでも親かよ！　苦しいよ！」「俺が何をしたっていうんだよ！」と泣き続ける。苦しさと怒りのこもった拳で畳をたたきながらただただ泣き続ける長男。その大きな頭をさすり、(ああ、この子は生きている！　生き返ったんだ！　死なずにこの腕の中にいる)と私は涙した。

夫はいまだボーゼンとしており、次男は長男の吐物を黙って片付けてくれた。——それは、とても長く感じた一瞬の出来事だった。たとえそのつもりでなくても、襟首をつかんで振り回したことで首を締め上げる形になり、死なすところだったと夫に説明すると、初めて事の重大さに気づいた様子で夫は目頭を押さえた。

学校でも家でも、どこか投げやりで「非行」を繰り返している次男。本人も含めた家族みんなが常に神経を張りつめ、気持ちを押し殺している。それが積もり積もって何かのきっかけで一度に吹き出しぶつかり合って、前後の見境も冷静さも失い、修羅場となってしまった。それは家族内の殺人行為という結果になってしまう寸前のところであった。

そう考えると、どうしようもない恐怖と悲しみに襲われる。長男が悪いとか、夫が悪いとか、誰かが悪いとかではないのである。どこででも誰にでも起こり得る危険性なのだった。家族みんなが、心身共に疲れていた。そのことで家族内に精神的な緊張感が生まれ、次男を追いつめ、家族関係もぎこちないものになっていたと思う。

このままでは、また同じような事が起こらないとも言えない。夫と長男にとっても、大きな心の傷として、生涯引きずっていくことにもなりかねないと思った。

翌日、まず夫から長男に謝った。長男の言動についてはどうしたらよかったのかを四人で話し合った。そして次男の思いと言い分を聞こうとしたが、次男は無言であった。

■思いを家族に吐き出して

その後、中学二年になった次男の「非行」は、徒党を組んでさらにエスカレートしていった。バイクを盗んで乗りまわし、昼夜逆転、トラブルの連続……。そして私は、親としての非力さを嘆き、次男の非情さを思っては泣いてばかりいた。

長男は高校に入学はしたものの、一ヵ月も経たないうちに不登校となっていた。私は次男の対応に追われていて、そのことに気づいたのはさらに一ヵ月程たってからだった。親に言えずに朝家を出て、自転車で一時間の所にある川岸で半日過ごしては帰宅する毎日だったと知った。炎天下で川面を見つめながら何を考えていたのか。それを思うと、私は「つらかったでしょう。明日から学校へ行くふりをしなくていいよ」と言うのがやっとだった。

子どもは親の思い通りにはならないと頭では分かっていても、ついつい先回りして説教をしてしまう。「人は誰でも間違いをするものだよ」と口では言いながら、「二度同じ間違いをするものではない」と叱っていた。それは、息子たちを伸びやかに育ててきたそれまでのことをすっかり忘れて、学校の対応と同じことをやっていたにすぎなかった。

そんな折り、次男は学校でふざけていたからと生活指導の教師から殴る蹴るの暴行を受けた。学校からは何の連絡もなく、深夜帰宅した次男は唇が切れ、顔と胸に内出血の姿。問いただしてやっと事情がつかめた。次男は、空手の師匠でもある父親から「急所に当たったら相手は死ぬこともある。興奮している時は、けっして相手に手を出すな」ときつく教えられていたので、くやしかったが抵抗しなかったと言う。

翌日学校に抗議したところ、当の教師の謝罪はなく、菓子箱を持って校長が一人でやってきただけだった。開けたらお金が入っていた。怒りだけがこみ上げてきた。次の日、返しに行った。バカにしないでほしいとの思いでいっぱいだった。

そこで私ははっきり目覚め、愚かな自分に気づいた。次男の「非行」は、一向にあらたまらず、私の学校への期待も信頼もなくなっていた。

■みんな苦しんでいたのだ

「退学」の長男と「怠学」の次男、そして勤めを休みがちとなった夫と、いっそのこと一人でどこかへ行ってしまいたい思いの私。そんな状況で心が張り裂けそうになった私は、ある日、がまんできなくなって、夫と長男を前につらい思いを吐き出した。

夫も長男も同じように悩み苦しんでいた。長男が言った。「誰よりもつらいのは本人だと思う。教師には反発していても、家族のことは嫌っていないよ。やさしさも失ってないよ。淋しがりやだからこそ、家族で信じていつでも帰って来られる家にしておこうよ」と。

そして、次男の良い面を見つけようと話し合った。家庭には学校ではできないこと、家族でしかできないことがあるはずだと思い直した。私は久し振りにアルバムをめくりながら、次男の幼い頃を想い出した。それから〝親バカ〟になって良い面をさがしてみた。茶髪にボンタン、サンダルばき、七三の目つきと暗い顔、エロ本と弁当だけのペチャンコカバンをかったるそうに提げての通学、繰り返される「非行」……。そんな中にも見つけようとすれば良い面がたくさんあり、否定的に見ていたことまで良く見えてきた。何よりも私に気持ちの余裕が少しずつできてきて、何か起きてもその時々に次男と一緒に考えようと思えるようになっていた。

ワルの頂点に立てば立ったで、大変なようだった。次男が「非行」から抜けようとしている兆しが見えることもあったが、けっして順調にはいかなかった。行きつ戻りつを繰り返した。仲間との関係は大人が考えているほど単純ではなく、仲間内でさえ逆襲に怯えたり、襲撃をかわしたり大変そうだった。こんなときには親として何にもできず、ただ本人が安心できる居場所としての家庭を、家族みんなで作るしかなかった。

■「指導」という名の暴力

そんな波をくり返しながらも次男の「非行」がやや落ち着きを見せた中学三年になる頃、本人たちも了解のうえで我が家は転居した。

長男は知人の会社に勤め始めた。次男は転校先の中学校に、ボンタンに茶髪で挨拶に行った。案の定、校長から、「腐ったジャガイモが一個でもあれば次々に移ってしまうので、異装は認めない！」の一喝だった。翌日はもう登校せず。やっと登校できたと思ったら、たった一人だけ体育館のトイレで、五人の教師に取り囲まれ、「指導」と称しての暴力を受けた。そのうえに、「服装を今後改めます」との念書を書かされた。こうして新しい学校では、新学期そうそうの不登校となった。

「非行」もつらかったが、不登校もまたつらかった。はじめは理由もわからない。学校の話をすると七三の目つきをし、貝のように黙ってしまうし、登校時間が迫ると布団を頭からかぶり泣いている日が続いた。三日ほどして、次男はやっと教師からの暴力のことを話してくれた。「もう学校には行かない」と言った。

子どもが教師に暴力をふるうと「犯罪」とされるのに、教師による子どもへの暴力はどうして「指導」となるのだろうか。どんなに正当化しようとも、暴力は教育的行為ではない。次なる暴力を生み出すだけだと思う。次男も私も納得できるものではなかった。

翌日から次男と私のドライブが始まり、卒業までの約一年間、続いた。次男の閉ざされた心のうちはなかなか見えず、助手席で目を閉じ何も語らぬ姿に、ただせつなくて、くやしくて運転しながらボロボロ泣けてきた。一ヵ月も経とうとする頃、「ひとこと言っていい？」と本当にひとことだけ話をした。それは、「お母さんの中学時代って、どうだった？」。

その時の嬉しかったこと。そして、泣けてきた。

ほんの少しずつだが次男は、好きなロックバンドの話、友達の話、先生の話、将来の話などを話し始めた。私はただ黙って聞いているだけで嬉しかった。

秋になって、校長と担任が突然、進路を決めてほしいと訪ねてきた。教師の暴力行為については、謝るどころか「そんなことにいつまでもこだわっているようでは、社会で通用しない」「学校に来られない者は、社会でやっていけるわけがない」と言い、帰っていった。

この後次男は、〝オールゼロ〟から、たった一人で受験勉強をはじめ、高校に合格した。しかしそうまでして入学したのに、間もなく自主退学し、翌年十六歳で社会へと羽ばたいていった。

■長男の引きこもりを経て

それを待っていたかのように、次は長男が仕事を辞め、引きこもってしまった。十八歳になってはいたが、考えてみれば中学三年からの五〜六年間というものは、親はほとんど次男にかかりっきりで、長男が必要としたときに私たちは十分に応えてあげたとは言えなかった。本人もまた、親に負担をかけまいとしていたのかもしれない。

そう思うと、まずは見守る事にしようと夫と話し合った。とは言っても、一日中テレビを見るかTVゲームに明け暮れ、話すことも評論家的で、イライラしては些細なことでケンカごしとなってしまう。それに以前、父親が自分を死なそうとしたというわだかまりが、完全に払拭されていなかった。

夫は長男と二人で山へ出かけたり、私は一緒に食事に行ったりと、話をする時間を大切にした。一人でじっくり考える時間は必要だが、けっして孤独にしてはならないと思った。

一年後、夫の提案したボランティア活動に参加して帰ってきた長男は、自分でアルバイトを探してきて働き始めた。コンビニの深夜の仕事で、来る日も来る日も二十三時から翌朝七時までの勤務を、弱音を吐くこともなく続けた。オーナーに仕事ぶりを認められながら、少しずつ自分に自信をもてるようになっていった。

■マイナスをプラスに——私自身の立ち直り

「非行」、不登校、引きこもりと、息子たちの立ち直りまでの八年間はつらかった。子どもたちは自分に自信がもてて、自分の進む方向性を見つけると立ち直っていった。悩んだり苦しんだりの葛藤の数々は、長い過程で考えれば、我が家の子育てには必要かつ当然のことだったのかもしれない。

そうは言っても、思いもよらずつらかったのは、実は私の立ち直りであった。「子育てに失敗した」という自信喪失感からなかなか抜け出せずに、何をやるにも消極的で一歩が踏み出せなかった。そんな時、「非行」と向き合う親たちの会（あめあがりの会）の存在を知った。みんな同じ悩みをかかえ一生懸命に子育てをしている人たちと分かっても、すぐには馴染めなかった。少しずつ自分の体験を話すことで、肩の荷が軽くなってきたのを感じた。

私は息子たちの子育てを通じてたくさんのことを学ばせてもらった。その一つは、失敗や負の行為を「マイナス」と見ることではなく、それが内面の問題点の表面化とするならば、対応によっては「プラス」にできるということだった。

もう一つは、たとえ親子であろうと夫婦であろうと、何でも言い合い、全てさらけ出せばいいというものではなく、踏み込んではならないこと・ならない場合があることや、黙っていることが思いやりとなること・なる場合があること、人間関係の距離のとり方が大切だということだった。それが実感できたとき、気がついたら息子たちが立ち直り、そして私も立ち直りを確信できた。次男の「非行」発覚から十年も経っていた。

——生きていてよかった。

息子との格闘の果てに

中川菖子

「明日から学校へ行かないから」。中学一年の二学期が始まったばかりの出来事でした。ぼうず頭の、まだ初々しい学生服姿の息子の言葉に戸惑いを感じながらも、「学校で嫌な事があったのかな?」と思い、明日になれば何事もなく学校に行くだろうと自分に言い聞かせて、その場を収めました。

しかし、息子は次の朝になっても起きてきませんでした。それが息子と、何よりも私自身との長い葛藤の始まりでした。

■身勝手な息子への怒りと不安

息子は布団をかぶって不登校を続けました。私は、息子に腹を立て、毎日のように「何で行かないの？　何でみんなと同じことができないの？　何で何で？」と何も言わない息子を責めていました。息子がどんな思いでいるのか考える余裕がないくらいパニックなっていました。

先生も最初のうちは家に来てくださり、息子の部屋に行って登校を促していました。でも、てこでも動かない息子の態度にあきらめたのか、ある日私に、「学校に来ないのなら、外出させないでください。夜も友達と会わせないでください。お母さん、息子さんをちゃんと管理してください」と言って帰っていきました。この日以来、先生は家に来なくなりました。

私は、先生に言われたことを守るのが当り前という親でしたから、息子が目の前のスーパーに買い物に行きたいといっても、必死で止めていました。息子は、「学校へ行かない宣言」をしてから一ヵ月くらい家に閉じこもり、昼は寝ているという昼夜逆転の生活を送っていましたが、その生活に耐え切れなくなったのか、そのうち止める私の手を振り切って、昼間でも出歩くようになりました。

学校を無断欠席した仲間の家に溜まっていたり、高校にも行かず働いてもいない先輩のところにいたり、繁華街のゲームセンターや、夜中の公園でたむろしていたり、家に居つかなくなりました。学校に行かない息子も信じられませんでしたが、こうして遊び歩くようになるとは、思ってもみませんでした。

私はそんな身勝手な息子が許せず、怒りと不安な気持ちを抱え、ただオロオロし涙する毎日でした。親として無力さを恥じ、情けなくてどうすることもできない苦しい思いを息子のせいにし、たまに帰って来ても受け入れることができず、冷たい態度をとっていました。家は寝るだけ。食事もせず、夜出て行く生活。学校からは「家庭でちゃんと管理してください。親として今が頑張り時ですよ」と言われました。心の中で「これ以上どう頑張ったらいいのですか?」と叫びながらも、「ご迷惑ばかりおかけし、申し訳ありません」と頭を下げることしかできない自分。そんな自分がまた、嫌でたまりませんでした。

それでも私は、まだ頑張れると、家を出て行こうとする息子に向かって怒鳴ったり、泣いたり、必死で行動を止めようとしていました。でも、止めようとすればするほど息子は私から離れていきました。

世間に「だめ親」のレッテルを貼られ、色眼鏡で見られたくない、世間体ばかりを気にして自分を守ることしか考えていない私の態度が、結果的には息子を追い詰めていったのだと、今になれば思います。家庭にも学校にも居場所を失くした息子は、自暴自棄になり、ますます荒れていきました。

他校との集団ゲンカで警察の厄介になったり、無免許でバイクに乗ったり、夜中に出歩き補導されたり、仲間の家での喫煙など、次から次へと起こる息子の問題行動に、私と夫は振り回されていました。少年犯罪の記事を目にするたびに、「ひょっとしたら息子が関係しているかもしれない」と疑い、パトカーや救急車のサイレンが聞こえると心臓が止まるほど驚き、不安でたまりませんでした。

■親のつながりと学校

息子たちの仲間の親同士のつながりが必要だと強く感じたのは、この頃からでした。何人かの親は私と同じ気持ちで、どこにも相談できずに一人で悩んでいました。その何人かとつながりを持つことができ、事あるごとに集まり、情報交換をし、お互いに励まし合いながら、つらさや苦しみを共有しました。苦しんでいるのは私一人ではないと知り、同じ思いを持つ仲間がいることに精神的には楽になりましたが、息子たちをよくする解決の糸口なんて何も見つかりませんでした。

でも、話し合うなかで気づかされたことがありました。息子たちの気持ちは私たちと一緒で、一人ではいられないということです。学校にも、家庭にも居場所のない息子たちにとって、仲間のいる所が唯一の居場所だったのだと思います。自分の子さえよくなればいいという考えはやめよう、みんながよくならなければ自分の子はよくならない、と共通の認識を持ち、その上で何ができるだろうか話し合いました。

まずは、わが子も家に来る子たちもみんなを受け入れることから始めました。お互いの家が順番に溜まり場になり、ご飯を食べさせたり洗濯をしてあげたりと、少しずつ言葉をかけているうちに、私たちを見る目がだんだん穏やかになり、外で会うと挨拶をされるようになりました。

学校は相変わらず現象面だけを問題にし、呼び出されるたびに、親に対しては、親の管理の問題と責め、子どもには、警察の取調べのように個別に事情を聞き、反省文を書かせる対応でした。

ある日私は、勇気を出して、「なぜこの子たちがこんなに荒れているのか先生と一緒に話し合いたいです」と初めて親の思いを先生に伝えました。しかし、返ってきた言葉は、

「問題を起こしたことへの対応に追われ、そんな時間はありません」でした。先生とじっくり話し合い、お互いの大変さを共有することで、息子たちが変わるかもしれないという僅かな望みも断たれ、学校から見捨てられたと感じとてもショックでした。

息子は、先輩やほかの地域の子たちとも付き合うようになり、相変わらず帰宅は夜中や朝方。私は不安で眠れない日が続きました。親子の会話なんて全くなくなりました。それでも、息子は帰ってくると私たちの寝室の扉を開け、「今帰った。おやすみなさい」と声をかけてくるのです。「どこで何をしていたの！」という言葉を飲み込んで、「お帰り、おやすみ」だけをいうのが精一杯でした。この頃は、「ああ、無事に帰ってきた。命さえあればいい」と思うようになっていました。

ボンタンズボンには派手なカラーベルト、頭にはタオルを巻き、サンダル履きで、学校には行きたい時に行っていました。当然、門前払いで帰されることがほとんどで、たまに先生の制止を振り切って校内に入れたときは、教室には入れてもらえず別室で先生と口論して外に飛び出していきます。

髪をモヒカンカットにしたのもこの頃です。「あの子たちは人と違う格好をすることで、自分の存在を主張しているんですよ」、仲間のお父さんが言っていました。先生は「この学校始まって以来です」と呆れていました。他人を寄せ付けない格好に、当の本人はいたって満足そうでした。親の気持ちも知らないでと悲しくなりました。

■警察からの連絡

息子が中学三年の夏休みに入ったばかりの夜中、電話のベルがけたたましく鳴りました。恐る恐る受話器を取ると、「○○はお宅の息子さんですね。傷害保護事件で逮捕しました」。警察からの電話でした。とうとう心配していたことが起きてしまった……、覚悟をしていたつもりが、頭の中が真っ白になり、何がなんだか分からないまま、息子の着替えや洗面用具を袋に詰め込み、おかしくなりそうな気持ちを抑え、夫と警察署に出向きました。人気のないひっそりとした建物の中には、一人の警察官が私たちが来るのを待っていました。そこに息子の姿はありませんでした。

事件は、六人で一人の子に暴力を加えたものです。幸い近所の人の通報が早かったので、相手の子は大事には至りませんでした。警察官の話によると、息子は逃げることができないと覚悟したのか、素直に捕まったそうです。

ひと通り事情を聞いて、ほんの少し気持ちが落ち着くと、無性に息子に会いたくなりました。怪我を負わせてしまった子のことも心配でしたが、息子のことが気がかりで、警察官に息子に会わせてほしいと頼みましたが、会わせてもらうことはできませんでした。これからどうなってしまうのか不安と恐ろしさで、心が折れてしまいそうでした。そして息子がどこか遠くの別世界に行ってしまったような気がして、つらくて悲しくて、親として何もしてあげられない不甲斐なさに、涙が出て止まりませんでした。

逮捕されて何日かして息子は鑑別所に収容されました。息子が鑑別所に入っている期間、私は心身ともに落ち着きを取り戻し、夜はぐっすり眠ることができました。

初めての面会のとき、息子の好きな飲み物を所内の自動販売機で買い、面会室で息子を待っていました。息子は私の顔を見るなり、大粒の涙を流し静かに椅子に腰掛けました。親としてこれだけは伝えなければと、こみ上げてきそうな涙をこらえて、「あなたのやったことは決して許されることではない。何人もの子に囲まれ、暴力を振るわれた子が、どんなに怖い思いをしただろうか。考える時間はたくさんあるのだから、自分のしたことを見つめてほしい。ここを出たら、お父さんとお母さんと一緒にその子の家に謝りに行こう」など、十五分の限られた時間の中で話しました。

息子は涙を浮かべながら私の目をじっと見て聞いていました。「ご飯ちゃんと食べてる？　眠れる？　ここを出てあなたが帰ってくる場所は家だからね。家族みんなで待っているから」。最後の言葉に、息子はまた大粒の涙を流しうなずきました。好きな飲み物にも手をつけず、部屋から出て行く息子の姿を見送り、後ろ髪をひかれるように鑑別所をあとにしました。帰る道すがら、息子の寂しげな背中が目から離れず不憫で、こらえていた涙があふれてきました。

週に一度の面会と手紙のやり取りで、離れていても親子の絆を感じることができました。鬼のように鋭かった目つきがだんだん穏やかになり、息子は面会の度に大粒の涙を流していました。四週間がたち夏休みが終わる頃、息子は保護観察処分を受け、我が家に戻ってきました。

■夫もつらさを抱えていた

「二学期から、息子を受け入れる態勢を整えているので安心して登校させてください」との校長先生の言葉に、夫と私は、今の息子をそのまま受け入れてくれると思い、大変喜びました。息子もまた嬉しそうでした。

しかしそれは、思ってもいなかった条件付きの受け入れでした。子どもが守るべき遵守事項は、保護観察所で決められていましたが、学校はさらに十項目もの条件を提示しました。そこには、携帯電話の解約、事件のことを口にしない、などがあり、さらには、「〇〇（友人の名前）とは付き合わない」と親友の名前が挙がっていました。

また、課題プリントを家庭でやること、学用品をきちんとそろえる、なども書かれていて、中学三年生の今、なぜこんなことが仰々しくと、不思議な感じがしました。息子はそれを手にしてムッと黙り込み、暗い顔つきになりました。さらに、「これらの約束を君に守らせるのだから、全校生徒の管理ももっと厳しくするから」と校長。私は、心の底からがっかりしました。夫も同じ気持ちでいたようです。

そして息子は帰り道、「もう学校へは行かないよ、いいでしょう。これは俺の問題だろう。みんなは関係ないよ。そのままでいいんだよ」と言って、条件が書かれている紙を破り捨てました。息子は自分のせいで、全校生徒がもっと厳しく管理されることなど耐えられないと思ったのでしょう。

「そうだね、学校へは行かなくていいよ」。息子の気持ちを察すると、そう答えることしかできない私でした。

普通に学校へ行くことをやめた息子ですが、相変わらず例の服装で学校の前まで行っては、門前払いをされていました。そして将来の目標も持てず、進路も決まらないまま卒業式の日を迎えました。式には欠席し家にいましたが、式が終わる頃に「友達と会ってくる」と言って出かけていきました。親に内緒で作った刺繍ランを着て仲間と一緒に記念写真を撮り、卒業アルバムを片手に帰ってきました。先生には「三年間お世話になりました」と挨拶をしたと言いました。「偉かったね、大人になったね」とほめてあげました。息子の卒業を祝った立派な刺繍ランは、家族の目にとまるように鴨居に掛けました。

息子は卒業してすぐに働きました。きつい現場仕事でした。毎朝五時前に起き、どろどろになって帰宅する姿に、夫と私は、こんなしんどい仕事は長続きしないだろうと思っていましたが、愚痴ひとつこぼさず働きました。夫は毎朝、息子を車で二十分位の職場に送り、仮眠をとってから出勤していました。狭い空間に息子といることが心地よく、一言二言の何気ない会話と、車から降りるとき必ず「お父さん、ありがとう」と言ってくれるのが嬉しいと話してくれました。

夫は、息子がバイクの免許を取得できるまでの一年間を送り続けました。口には出さなかったけど、私と同じようにつらさを抱え嵐の日々を過ごしていたのです。

息子が中学二年生の時、夜遊びに悩んでいた私は、初めて「非行」と向き合う親たちの会（あめあがりの会）の学習会に出かけました。その時は、まだ、私はこの会に来なくても大丈夫と思い、例会には参加しませんでした。でも、鑑別所に入って不安が高まり、少ししてから例会に参加してみたのです。その例会で、私は、子どもを認められないでいるつらさや、子育てを失敗しただめな親という思いから抜け出せないでいる苦しさを涙ながらに語りました。

非難されることもなく、アドバイスされることもなく、会の人たちは、ひたすら私の話に耳を傾け一緒に泣いてくれました。「つらいのは私だけではない」と知り、気持ちが楽になりました。回を重ねていくうちに、ここは、信頼と安心のもと自分をさらけだせるところと感じ、いつの間にか私の居場所になっていました。

例会で他の人の話を聴き、学ぶことを繰り返すうちに、私の中に「こうするべき」「こうあるべき」がたくさんあることに気付き、世間体に縛られている自分が見えてきました。怒りやつらさ、苦しさは人のせいではなく、自分の問題だと気づかされたのです。息子もまた、世間の常識の中で、生きづらさを感じていたのだと思えるようになりました。

たくさんの親たちとの交流は私の価値観を広げ、自分らしく生きることを教えてくれました。私が私らしくいられる場所を見つけたように、息子もまた、揺れながら、迷いながら、自分の居場所を見つけ成長していくのだと思います。

子どもが困った時、言い分に耳を傾け、いつでも相談にのれる親でありたいと思います。これからもあめあがりの会に通いながら、子どもの可能性を信じて、自立する日を焦らずに待とうと思っています。

これでもか、これでもかだけど

エム

■夫の急死

息子は今年二十歳となった。

強い信念を持って育てたわけではないが、子どもは、普通に自立した大人になるよう育てたいと思っていた。流産を二度続けてしまったので、元気に生まれたことにこの上ない幸せを感じた。私もやっとお母さんになれる……と。

幼い頃から元気が良すぎて、私は周囲のことばかり気にした。幼稚園の頃、周りのお母さんは小さな我が子たちが転ばないよう、走る前に注意を促していた。私は「上手に転んでくれると良い」と、少し想いは違っていた。

息子の妹が三歳下と七歳下に誕生した。上の娘は、三つ上の兄を追いかけてどこにでもついていくような妹だった。家族は仲良く、夕食はみんなでいつも楽しく食べていた。

息子が中学に入るとすぐ、息子と父親が対立することがあった。帰りが遅いということだったか、息子を力づくで押さえようとする事があった。とても家族思いの夫であったが、夫にとってもここは子育ての大きな転換期だという思いがあったのだろう。しかも、仕事が多忙な上に、マイホームを購入した足カセがあったせいもあったかもしれない。

中学生になった息子と、まさにバトルが始まろうとしていたその矢先、一学期の終業式翌日の朝、夫が突然亡くなった。脳梗塞。思ってもいない出来事だった。

私は夜一人で泣いてばかりいた。

「どうしてこんなことになってしまったのだろう」

「これからどうしたらいいのだろう」

現実のことと受け止められず、半年くらいは、夢を見ているのではないかと思っていた。

■校長室の「二人裁判」

その日からのことは、忘れてしまいたいことばかり。そして、息子が荒れた。

その頃の息子のしでかしたことはたくさんありすぎて、細かいことが思い出せない。学校からのエスケープ、万引きで店からの連絡、学校からの呼び出し、家出。私は、謝罪に回り、児童相談所のカウンセリングを受けた。眠れない夜が続いた。

私だけでなく、息子も戸惑っていたのだと、今、思える。しかし、この頃、夫が亡くなる直前の息子と夫とのバトルのことを思い出し、私は苦しさのあまり息子を責めるような言葉を口にしてしまったことがある。

一年後、息子にそのことを謝った。でも、彼は私の言葉を忘れることはないと思うし、彼自身の心の底にも、父親との思い出が沈みこんで消えないでいるのではないかとも思う。そして、私もまた、後悔が心の底に張り付いて取れない。

夜になっても息子が帰らない日は、十歳と六歳の幼い二人を夜、家に残し、何度も息子をさがした。息子の学年はとても荒れた子どもたちが多く、いつも大勢で集まっていた。訪ねた息子の友人の家では、居留守を使われたこともあった。でも、息子は学校が好きだった。陸上部に属していて県大会にも出場していた。そして、息子を見守ってくれる先生もいた。でも何かあると、学校から私は呼び出され、校長室で「一人裁判」を受けた。

一年生のときは、「長い目で見ましょう」と言ってくれた。突然にひとりになって困っている私への同情も感じた。が、だんだん、私は叱られるばかりになった。五〜六人の先生にいつも囲まれていた。先生たちは、子どもを理解したいという熱心のあまりだったのかもしれない。結局は、私はいつも先生方に謝罪し、やっとの思いで「どうか見離さないでほしい」と訴えた。

それまでは専業主婦だった私が、仕事を始めた。それも、慣れないうちはやはり大変だった。


私の両親や兄妹は遠方にいて心配してはくれるが、心配をかけたくなかったので相談できなかった。唯一、叔母が私の相談者になってくれた。

車で三十分ぐらいのところには夫の両親や兄弟が住んでいた。困ったときに、家族で遊びに行くかたちで相談に行っていたが、そのうち、義父母は子どもを責めるようになり、「子どもが悪くなったのは母親が悪いからだ」と私も責められた。そこにも行かれなくなった。多くの人に相談した。無我夢中だった。児童相談所、スクールカウンセラー、弁護士、警察の少年課。児童相談所には息子も通った。しかし、息子は決して、誰にも心を開かなかった。私は、同時にいくつかのところに通い、いろいろなアドバイスをもらいながら、かえって疲れてしまうのだった。

■振り回されて

息子が中学三年の秋だった。暴走族に入ってしまった息子は、バイクの後ろに乗って走り警察官に抵抗した。公務執行妨害でとうとう逮捕された。ショックだった。
鑑別所に面会に行くと、息子は深く後悔しているようだった。これで子どもが真面目になれるなら、という期待もあった。審判では、うなだれて反省の様子だった。結果は保護観察となった。

しかし一緒に帰るその途中で、五分も経たぬうちに息子のバケの皮がはがれたのだ。「先輩から、反省してるようにしてれば大丈夫と聞いてたんだ」と言い、突然、ひどい言葉遣いで私に、コンビニで買い物をしろと命じたのだ。あの反省は演技だったのか……、逮捕の時以上のショックだった。まだこれからも悪夢のような日々が続くのかと思うとつらかった。

そして再び、息子に振り回される毎日が始まった。私は、この三年間でヘトヘトだった。四月、それでも息子は高校へ入学した。少しだけ、変化を期待したが、やはり生活は変わらなかった。三歳違いの娘は兄の卒業と同時に、兄が通っていた同じ中学へ入学した。彼女はある種の正義感が強く、反抗心も息子以上に持っていたと思う。私は、息子と同じ中学に入った娘を守りたかった。

娘は、荒れていく兄への怒りも強かった。その兄に振りまわされている私にも、いらだっていた。その娘が変わっていった。言葉遣いが悪くなり髪の毛を染めた。兄と一緒にいる兄の後輩たちと遊ぶようになった。私は、変わっていく娘を止めることができなかった。

■少年院へ

それでも一生懸命だった。夜、遅くなった娘を友達の家に迎えに行ったりもした。こんな時は、末の娘は一人で留守番だった。

また、学校から近い我が家には、息子の友人が来て、よくたまり場になった。三年間の経験で、一方的に怒っても子どもが離れていくだけだと思った。学校での対応を見てもそう思った。感情的に叱らないようにと自分に言い聞かせ、育ち盛りの子どもたちに食事をふるまった。息子には、少しでも私が努力している姿を見せたかった。そして、子どもたちを、私のもとに少しでも長く居させたかった。

また時には、息子がバイクに乗ることが分かって、しがみついて止めようとしたこともあった。いつも彼の仲間がそばにいる。仲間の前だと息子は容赦なく私を殴り、蹴った。でも、不思議とそんな時は早く帰ってきた。少しは私の気持ちがわかってくれたのかな、と思う一瞬だった。

やがて二度目の逮捕の時がきた。暴走族同士の抗争事件だった。相手も暴走族で、一方だけが悪いという事件ではない。相手の怪我がひどいわけでもなかった。私は確かに息子に振り回されてはいたが、少年院に入れたいとも思えなかった。

しかしそんな私に、裁判所の調査官は、「今のお母さんの力では無理です」と言った。そして審判の結果は、中等少年院送致だった。もし少年院送致となっても「短期」を期待していたが、想像を超える一年間の長期処遇という厳しいものだった。

私は確かに焦燥していた。でも頑張ってきたのに、それでも親として力不足とされたことが悲しくて苦しかった。「この親じゃダメ」と言われたと、自分自身が崩れ落ちそうだった。親のせいで、息子が一年間も少年院に入れられた気がした。しかも、こんなに頑張ってきたのにダメだというなら、これ以上、私はどう頑張ったらいいのかまったく分からなかった。

私はひとりぼっちだった。

■娘の変化

このことがあって、娘がさらに荒れた。少年院に入るまでの事をした兄を怒っていた。でも二人はやはり兄妹、仲も良かった。娘も苦しかったと思う。家に帰らない日が増えた。

娘と中学校とのトラブルも増えた。我が家は学校と目と鼻の距離にある。髪を染めた娘を、先生が黒く染めるスプレーをもって家まで追いかけて来たことがあって、そのときは本当にびっくりした。疲れて安定した心を持っていなかった私は、学校とのトラブルが嫌で、「先生は何でここまでするのだろう？　いったい何をしたいのだろう？」と疑問も持ったのだが、とにかく学校の意向に娘を従わせようとした。その結果娘は、私から離れていった。

娘が心配だった。兄とそっくりだった。私が止めようとすると、彼女は私を殴った。翌日私の顔にアザができるほど。娘はきっと、「お母さんが、お兄ちゃんを止めていてくれていたら、こんなことにはならなかった」といつも心でさけんでいたに違いない。

その娘が、こんどは事件に関わったのだ。私を応援してくれていた叔母が、この時は「子ども二人も悪くするのは、親が悪いからだ」と言った。それでもいつか立ち直れると信じたかった。仲間内の揉め事のような事件だったが、娘は鑑別所に入った。まだ十四歳の少女。

息子の時のように、「親に力がないから」とはしたくなかった。ひとりぼっちでは娘の問題とも、今の苦しさとも戦えないと思った。

そのすこし前に、私は新聞の記事で「非行」と向き合う親たちの会（あめあがりの会）を知った。例会に通うようになっていた。ゆっくり話しを聞いてもらえ、気持ちが楽になるのを感じた。その例会で、弁護士でなくても付添人になってもらえることを知って、あめあがりの会といっしょに活動をしているＮＰＯ非行克服支援センターに付添人をお願いした。男性と女性の二人の相談員が付添人になってくれ、裁判所の許可もすぐに出た。二人は娘のところに面会に行き、私の話もいろいろと聞いてくれた。私を助けてくれようとしている人がそばにいる、それだけで、とても元気が出るのを感じた。

審判の結果、娘は、保護観察になって帰ってきた。しかし、この地域に住み続けるのは問題が多すぎた。近所の目、周辺への多くの負い目。そしてやがてはまた、末の娘も同じ中学に入るとしたら、この娘がそうだったように色メガネで見る先生だっているだろう。

多くの問題を抱えたままではあったが、引越しという方法を選ぶことにした。準備のために勤めも辞めた。母子家庭なので、仕事を辞めていたことで、家を借りるだけでも大変だった。

■まだまだ、～ｉｎｇだけど

結局、娘は中学三年で転校となった。元の中学校とはどうしてもうまくいかなかったので、その頃は中学でなくフリースクールへ通うようになっていた。転校先の中学校がそのフリースクールへの通学を認めてくれたので、そのまま娘は、電車で同じフリースクールに通うことができた。

小さな家に移って、否が応でも家族が鼻をつきあわせ、息が聞こえる距離での生活が始まった。娘はじっくりフリースクールへ通うことによって、これまでと少し違った世界を経験し、親子で協力して生活できるようになった。昔のように夕食をみんなで食べる、小さなそんなことが、とても幸せに思える。

三月、末娘と一緒に行ったフリースクールの卒業式では、娘の晴れ姿を万感の思いで見ることができた。挑戦して、ちゃんとやりきったその顔は、本当にいい顔をしていた。その後、単位制の高校へ入学。今は週一日通学し、あとはアルバイトをしている。少しずつ世界を広げている娘。

時には、以前の仲間がバイクで亡くなり涙した。兄の友人関係の危うさやもろさを見たりし、同世代の女の子が経験する何倍ものスピードで世の中のつらさを知っている娘。そんな娘がふびんにもなるが、多くの難関を多くの人の力を借りて越えながら、少しずつ、立ち直ることができた。

二十歳になった息子も、単調に進むとは思わないが、自立に向かって仕事をしている。


それでもまだ、これでもかこれでもかと試練の波が時に押し寄せる。つらい時、電話で叔母に泣き言を言った。すると、「今は夜明け前だから一番暗い時なんだよ。朝のこない夜はないいんだよ。今まで頑張ったんだもの、あと少しよ。よくしんぼうしたね」そう言ってくれた。

悪いことも良いことも、全部が人生だ。逃げたくなる事だってもちろんある。でも私には逃げ場がない。それに、逃げようとすると困難のほうが大きくなって私を襲ってくる。だから、後ろを振り向かないで、正面から向かっていくしかない。「これは私を大きくしてくれるための試練かな」と思う、というより、自分で自分に言い聞かせているのかもしれない。

そして、弱ってきたと感じたら、私はあめあがりの会の例会に行く。話しを聞き、話をして、そして、「私だけじゃない」「みんな頑張ってる」「またがんばろう」と、無理にでも強い自分になって帰ってくる。そうやりながら、「生きている限り、何か事が起きるのは当たり前だ」、そう思えるようになってきた。それまで、七年かかった。多くのキズも身の内とし、これから多くの恩も返していきたい。

でも、実際はこの体験を書いていても、不安を消すことなどできない。書いて、かえって後悔するのかもしれない。だって、まだまだ、～ｉｎｇだから。

でも、だからこそ、自分にエールを送るために書いておこうと思う。

逮捕からスタートしてもいいじゃない

小林亜由

■気づいたときは非行少年の母親でした

私はたぶん、よくいる母親でした。特に優秀でも特に最悪でもなかったと思います。それでも離婚をしている過去とかで、「それが非行の原因じゃない？」なんて言われてしまうこともあるわけで……。

私も最初、そんなふうに何か自分に原因があるはずだと思い込み、罪悪感いっぱいで自分を責めつつ原因探しにたくさんの時間を費やしました。考えれば考えるほど、どれも息子が不良と呼ばれるようになっていった原因のように感じてしまいます。

中学三年の息子は、ずっと頑張っていたバスケ部を引退してから間もなく志望校の合格確約を早々ともらい、何もかもが順調でした。ところが、十月の半ばあたりからどんどん様子が変わっていきました。クラスが荒れている、学年が荒れている、そんな話を息子から聞きました。「あらま、大変だね」、他人事として聞いていました。

「ストレスがたまる」とか「イラつく」とかいう言葉をよく使うようになったある日、今まで通っていた塾をやめ、新しい塾に替わりたいと言い出しました。今までの塾は個別指導で高額だったのですが、そこは評判もいいし安かったので、二つ返事でオッケーしました。

そのときから、友達が変わり、深夜徘徊、万引き、授業妨害、器物破損などなど、ガケを滑り落ちるように見かけも言動も何もかも変わっていきました。悪さをするたびに、ちょっとした日常の中の出来事も全て「私のあれが原因?」と思えてくるのです。

でも、あえて言いたいです。私はたぶんよくいる母親でした。「なのになぜ?」

今でも本当の理由はわかりません。それでも私は、彼に寄り添う母親です。

■逮捕の日、いつもと変わらない朝でした

息子は前日もその前日も、せっかく早起きをして学校に行っても、「自宅で心を落ち着かせてください」と言われ、強制帰宅させられていました。もちろんそもそもは何か理由があったのでしょう。けれど息子も母である私も、その内容をはっきりとは理解、認識してはいませんでした。毎日のように学校からは電話があり、また早朝に自宅まで先生がやってきては、『反省』を強いられます。私には「反省させてください」と言います。「反省」とは、「心を落ち着かせること」とのことでした。

私は、もう他人に迷惑はかけないし、積極的に授業を受けられそうだ、と先生方に思っていただける状態にしようと一生懸命でした。「反省した？」「……（黙ってうなずく）」。それが息子にも精一杯のことだったのだと思います。ところが服装や態度は急には変わりません。先生のお説教に、息子はイライラし、「あー、うぜー！」と壁を蹴って立ち去るなどそのたびに怒り狂い、むしろ反省とは反対の方向へと進み、かつ勢いも増しているように見えました。私もノイローゼ気味となり、かなり疲れきっていました。

反省しない子、反省させることができない親は、すっかり学校に嫌われてしまったよう

です。

息子はその日もいつもどおり早起きをし、制服を着て学校に行く気まんまんです。大変おかしな話ですが、「学校行っちゃうの？」と親である私が声をかけます。

「なんで？　いいじゃん別に。俺の学校だし。大体おかしくねぇ？　義務教育っしょ？」と、最もなことを言うんです。「給食くったら帰るよ」（ちなみに給食は、もう何日も食べさせてもらってません）。「了解。いってらっしゃーい」、そんな会話が日々繰り返されていました。

八時くらいに家を出て、八時二十分にならないうちに、鋭い目つきで戻ってきました。

「あのクソ教師どもが教室に入れてくんない。学校入ろうとしたら三人の先生に囲まれて、腕つかまれて、応接室に無理やりつれてかれた。そいで、反省したかとかいろいろ言いやがったからむかついて机蹴って帰ってきた。クソ殺してぇー！」

「……ねえ、ココア飲む？」

「……ああ」

しばらくすると落ち着きを取り戻し、「……俺、朝普通に学校行ったじゃんね。あいつらのせいでいつもイラつくんだよ。心落ち着かなくなるのはあいつらのせいなんだ……でも三時間目くらいになったらまた行ってみる。ヒマだから寝るわ」

「うん。お母さん仕事行くね。一応ホットケーキ焼いておくから給食食べられなかったらそれ食べて」

「サンキュ。仕事がんばって！」

「じゃあね。十八時の約束忘れないでね」（その日、少し前にあった集団万引きの弁償と謝罪のため待ち合わせをしていました）。

「わかった！」……ここ二ヵ月、毎日のように繰り返されていた会話です。逮捕の朝だって、別に何も変わったことなどなかったんです。

■逮捕されたと知ったのは警察でした

十八時に仲間と集団で万引きした店にその家族の方々と一緒に、謝罪と弁償に伺うことになっていました。携帯電話を見ると、学校と警察から繰り返し着信がありました。学校に電話をすると「すぐに警察に行ってください。対教師暴力と器物破損で警察が連れて行きました」とのこと。正直「また補導か（過去の補導は万引きにより一回）」という思いがありました。

他の方に迷惑をかけてしまうので、予定の謝罪と弁償をしてから警察に向かう旨を伝えると、「そのことはこちらで何とかしますから、ともかく警察に行ってあげてください」と言います。せかされるように少年課に行くと一人の刑事があらわれました。

「まことに申し訳ございませんでした。息子は？」と聞くと、「すでに留置なので、会うことはできません」と言うのです。補導のときと明らかに様子が違います。

「逮捕なので、二日間ここで留置し、その後家裁に送致されます。お母さんは家裁から連絡があるまで家で待機してください」

意味がわからず、「逮捕と補導は違うんですか？」と聞きました。

「全く違います。彼とは面会できません」

その瞬間まで、補導されたと思っていました。でも実際は逮捕。何が何だか分からないまま、集団万引きの謝罪と弁償に行きました。

■逮捕時の様子と学校でのこと

十八時の約束は万引きをした親子全員揃って謝罪と弁償に行くというものです。私は少し遅れて一人で店に行きました。当然、店主からは息子はどうしたのかと聞かれます。まさか今日逮捕されたなどと言えず、体調不良だと伝え、さらにさらに深くお詫びをしました。その帰り道、息子の仲間たちに逮捕されたことを知らせ、今日の出来事について教えてもらいました。わかったことは親としてあまりにもつらい真実でした。

息子は直前まで大好きなバスケの授業に出ていました。次の授業に向かおうとしたとき、自分の教室に戻れないように教師二十人に取り囲まれ、その際、ある教師から腕をつかまれたり、体を押されたりしたそうです。息子は反発し、ドアを蹴ったらガラスが割れ、その直後、まるで待ち構えていたかのようにパトカー六台、警官十一人が学校にやってきたそうです。ほかにも真っ昼間の学校で全校生徒の前で脚をかけられ引き倒され、血を流しながら逮捕されたということなど、その場から遠ざけられて最後のほうはわからないと言いながら、仲間たちは見たことを話してくれました。

印象的だったのは「あいつは、学校に来るといつも俺らから離され、先生に囲まれて、いじめられてるみたいでかわいそうだった、悲しかったと思う」と言った言葉です。それまで毎日毎日追い返されても早起きをして学校に行く息子の気持ちがよくわかりませんでした。行けば騒ぎになり、「また怒られるだけなのに……まったくもぉ」と思っていたんです。息子がどんな気持ちで、毎日必死に学校に通い続けたかなど、考えたことがありませんでした。

何度も何度も聞いていた「俺の学校だし……」という言葉が、初めて悔しかった気持ちを象徴していたのだと知りました。

■私に何ができるのか

逮捕に至る経緯や息子の気持ちが少しわかったところで、私にできることはあるのか？何をすべきか？　考えてもさっぱりわかりません。警察で言われたのは「家裁から連絡があるまで待機しているように」ということだけ。夜中二十三時過ぎ。すがる思いで「非行」と向き合う親たちの会（あめあがりの会）に電話しました。

すると、真夜中の突然の電話なのに、なんとラッキーにもつながりました。混乱し泣いている私の心に寄り添い、励ましてくださいました。さらに具体的に留置されている二日間で、やらなくてはいけないことを教えていただきました。

「中学生で学校もあるのだから鑑別所に行かずに済むよう弁護士を頼み、やれるだけのことをやっていきましょう。学校に行き謝罪して被害届けの取り下げをお願いする。留置場に差し入れをする」。そして、「まだ中学生なので、弁護士だけではなく長期に大人が関われるように、非行克服支援センターの付添人もつけてはどうか」――こうしたことを聞いて、やることがはっきりしたことで気持ちを建て直すことができました。

早速、翌日には弁護士と支援センターの付添人の先生方を手配していただきました。私は先生方に教えていただいて、息子の成育歴や最近までの様子をレポートにまとめ、小中学校の通知表や、作文、写真などを用意しました。この二日間、私は頭と体と心をフル活動し、走り回りました。

対学校、対教師とのトラブルは95％鑑別所行きと言われているそうです。四時間も粘りましたが、学校は最後まで被害届けの取り下げに応じてはくれませんでした。でも奇跡は起こりました。たくさんの方のご支援で鑑別所に行くことなく、息子は私の元に帰ってきたのです。

息子の手首には手錠のあとが薄紫のあざのように痛々しく残っていました。たった二日間ですが、息子にとっても私にとっても、とてもとても長い時間でした。

■まもなく審判。その準備と息子の現在、そして……

逮捕された後、鑑別所送致とならずに家に帰ってめでたしめでたし……ではありません。

中学三年という時期でもあり、卒業後の進路は、逮捕をきっかけに変えざるを得なくなりました。

相変わらず「俺の学校」には拒まれ、卒業式も別室で一人ぼっちで行われるかもしれません。ただどんなにムカついても、もう机を蹴ったりガラスを割ったり、教師を殴ったりはしないと言います。「たった二日間の留置でも死にたくなるくらいつらかった、二度とあのような思いはしたくない」からだそうです。自分で経験し学んだことなんですね。

まもなく審判です。弁護士付添人と、支援センター付添人のアドバイスを素直に聞き、息子はまじめに準備をしています。日記（日々の出来事のほか、起きた時間、寝た時間、勉強した時間を記録）、勉強（ワークに答えを写しています）、読書感想文（弁護士の先生に借りた本）などです。小学生の夏休みの宿題のようなものですが、自分の意志でがんばっています。

確かに逮捕によって息子は考え始めたようです。そして私も。親が、子どもや現状に対して、「こんなはずじゃなかった」と思うようじゃまだまだ修行が足りないのかもしれないなぁと思えるようになりました。「こんなもんだ」と思えば、子どもを笑って受け入れられます。それが一番大事な親の役目じゃないでしょうか。

そして、子が、自分の置かれた環境、状況に対して、「こんなはずじゃなかった」と思うときこそ成長するチャンス。何でも「こんなもんだ」とやりすごすことが大人になることだと教えることはないんですよね。将来の幸せを考え、ついいろいろ言いたくなる親と、今の幸せを懸命に探す子ども。これじゃ分かり合えるはずないですもんね。

「逮捕がスタートになることがあったっていいよね。いいでしょう?」

「いいよ! 今日気づいたことは明日間違っていたと思うかもしれない。今日わからなかったことに明日気づくかもしれない。それでいいでしょう? それがいいよね!」

【おまけ】

息子Aに聞いてみたいことがありました。今まで聞きたいと思っていたけど、なかなか聞けずにいたことです。

母「今度お母さん、本に載せる原稿書くことになったよ」

A「すげー。おめでとう。何書くの?」「……俺が悪くなった? そりゃM(暴力を振るう担任)とのことだよ。ずっと我慢してたのが爆発したことあったじゃん。Mと生徒みんなで言い合いになった時」

母「そうだったね。でもほとんどの生徒はその時だけで終ったじゃん? Aたちはその後どんどん変わっていったよね。なんで?」

A「その時のことを何でか先輩たちが知ってて、調子こいてんなって目つけられて、俺ら追い回されるようになったんだ」
母「ええっ？　どうして高校生が中学校であったことを知ってるんだろうね？」
A「知らねえけど、そんとき初めてヤンキーと絡んだんだ。同じ部活で一年上の先輩がヤンキーになってたんだよ。怖いっていうのと、俺らもあーなれば怖がられるかなって、真似するようになったんだ」
母「そうだったんだぁ」
A「先生の困った顔やみんながビビるのがおもしろかったしね。机や壁けったりすると、みんな、サーって引っ込んでくんだよ。格好いいと思った」
母「格好いいと思ってたんだね」
A「タバコも最初はみんなで吸ってみようって。でもだんだんやめられなくなって、寝る前とかに吸ってたんだけど、何やってるんだろうなって思うこともあったんだ」
母「そっか」
A「仲間といると、怖いものなんか何もなかった。王様みたいな気分。何もかも思い通りで、絶対捕まることなんてないと思ってた。今いろいろやってる子見ると、捕まっちゃうよって思うけどね（笑）。犯罪は捕まるんだよ」
母「そうだね。じゃあ、今の自分が過去の自分にアドバイスすることある？」

Ａ「ないな。どうせ聞かない（笑）。あの時はどうしようもなかったんだ。だからこれでいいんだよ」

ほんの数分のやり取りです。これまで聞けずにいたのは、今に至るきっかけが「親のせいだ」と言われてしまうんじゃないかという不安があったからかもしれません。

子どもが非行に走ると親は自信を失います。自信を持ち続けてなんていられないです。だけどもしかすると反対で、非行の子と一緒に寄り添い、歩き続けられることができたなら、普通では決して得られない大きな自信を手に入れられるのかもしれません。そう、親としての大チャンス（笑）。

子どもが生まれた日と同じように、「この子の親は私」と自信をもって言える日が必ずやって来る！　そう信じて、我が家も雨上がりまでまだまだ時間はかかりそうですが、未来を楽しみに、Ａの親として一緒に歩んで行きます！

「だからこれでいいんだよ」……Ａの言葉に励まされて。

大雨が降るかもしれないけど

美佳優輝

■自然の似合う子

「母ちゃーん、早くバケツ持ってきてー、ザリガニとれたよー」

夏の暑い午後、くりくり頭に汗かいて、日焼けした顔。ランニングにショートパンツ、ゴムぞうり、パタパタ走ってくる我が息子。

我が家の庭は、ザリガニとカブトムシが同居し、子どもの声で賑やかだった。とにかく自然が似合う、童話の中から出てきたような息子だった。友達といることが一番楽しいようだった。そして、いつも「何か」を求めていたように思った。

三人の子どもに恵まれた。最初の女の子は障害を持って生まれてきた。元気でにぎやかな息子が私は大好きだったが、どうしても長女のほうに私の時間をかけることになる。二歳違いで生まれた息子は、生まれたときから少し寂しかったかもしれない。その下に生まれたのも男の子だった。

普段は静かな夫は、怒ると、どなったり手を上げたりした。しかも、三人の子どものうち二番目の息子だけをなぜかよく怒っていたので、息子は父親に対してはいつもびくびくしていた。あまりにひどい叱り方をするので、私は、そのたびにそういうやり方はやめてほしいと話すが、夫からは「甘やかしすぎだ。厳しくしなければだめだ」と私が責められ、手を上げられたこともあった。もうやっていけないと何度も思った。

苦しかった。息子はもっと苦しかったと思う。

そんなことが重なっていたある日、息子から「この家出ようよ、お母さん」と言われたことがあった。三人の子を一人で育てる力は、私にはなかった。「ごめんね」と息子に言いながら、自分にもう少し経済力があったらと、くやしくて泣いた。息子の顔が忘れられない。

■イライラしていた……

息子は身長が標準より小さかったので、小学校高学年のときに病院で検査をし、成長ホルモンの注射を毎日するようになった。

小学校では少年野球をやっていたが、二軍だった。私は「応援するからがんばれ」と、遠征のときはいつも私が車を出し、二軍の子どもたちを乗せては応援に行った。一生懸命な息子を心から応援したかったのだ。

しかし、学校の成績は常に「下」のほうだった。夫は、「こんなことじゃダメだ」と頭ごなしに言っていた。そして私まで、「何でわからないの？」「これでは行かれる高校はないよ、高校に行けなかったら自分が困るんだよ」と、どのくらい息子に対して言っただろう。今は、悔やまれてならない。

中学校に行っても、部活の野球も成績も変わらなかった。中三のころから、夕方になると担任から電話がくるようになった。「イライラしている」、「ケンカをした」、「授業中にさわいでいる」と。携帯電話を学校に持って行って取り上げられ、息子と二人で職員室前の廊下で頭を下げ、先生からお説教をいただいたこともあった。

ある日、学校で友達とケンカをしたという。担任の先生から、「相手の子が少しけがをしたので、すぐに謝りに行ってほしい」と連絡がきた。

「ケンカしたんだって？」

「ああ……」

「じゃ、すぐに謝りに行くから」

「ああ…」

私は、あわてて息子と一緒に同級生の家に行った。すると、相手のお父さんから「うちの子も息子さんを傷つけるようなことを言ってしまったそうです。ですからケンカ両成敗です」と言われたのだ。この時、「ハッ」とした。私は、息子から何も事情を聞いていなかった……。帰ってから息子に謝った。「母さん、何にも言い分聞かなくて、ごめんね」。

中三の後半になると、図書館に勉強に行くと言っては、夕食時間まで帰ってこなかった。夫は怒り狂っていたが、夕食には戻っているし、夜に出かけるわけではないので、私は黙っていた。

我が家は、地方都市の郊外にある。小中学校の隣には大きなショッピングセンターがあり、いくらでも遊べる。私がＰＴＡの役員をやっているときも、「ショッピングセンターのゲームセンターには行かないように」と一生懸命活動していたのだが、我が息子が学校の帰り、図書館ではなく実はそこで遊んでいたとあとになって分かった。今考えると笑ってしまう。

そんなことがいろいろありながらも、小学校も中学校も息子は大好きだったので、「学校に行きたくない」という言葉は聞いたことがない。友達がたくさんいて楽しいと言った。

■どこからも突き放されて

そして、高校入試。なんとか、公立の「行かれる高校」へ入学した息子。しかし、髪の毛は入学式のその日に茶色になり、やがて金色になった。そんなことからか、「先輩」にも目をつけられるようになり、一年生の夏休みまでには、十分「ヤンキー高校生」の風格になっていた。

入学して、すぐにアルバイトを始めていた。帰りはどんどん遅くなった。そのうち一晩中帰らなかったり、自転車の後ろに女の子を乗せて帰ってくることもあった。やがて、高校の担任の先生、学年主任の先生から「授業中騒いでいる」「昼休みに学校から出ていった」「女の子との性的な関係があるようだ」「たばこを吸っているようだ」「テスト中に携帯のゲームをしていた」と電話がくるようになる。

電話がくるたび、どうしたらいいのかわからず、あちこちの教育機関や相談機関に電話した。しかしどこでも、結局「本人とよく話し合ってください」と言われた。それができるなら相談の電話なんてしないのに……と、がっかりして電話を切った。世の中には、「あて」にならない相談機関が多いんだなとあきれながら、さらに暗い気持ちになった。

そして、病院の精神科に息子と一緒に行こうと思った。しかし案の定、息子は行くはずもない。私が一人で病院に行き、息子の話しをした。三十代と思われる男性の医者は、こう言った。

「息子さんはもう、どうしようもないですね、未来はないですね」

藁をもつかむ思いで行った病院だった。ひと言の救われる言葉もなく、未来がないなら息子と一緒に死ぬしかないと思った。死ぬしかないと思いながらも、ほかの二人の子どものことを考えると死ぬこともできない。どこからも突き放されて、立ちすくむだけだった。

■大雨、そして、大粒の涙

そのうち、家のお金がときどきなくなることがあった。息子には、「お金が必要ならちゃんと話してね」と伝えたが、「別に」と言うだけ。さらに、覚えのない私名義の携帯電話の請求書が届いたときには驚いた。息子を問い詰めると「友達が二台目の携帯電話の契約ができないので、母ちゃんの名前を借りた」と言う。何でそんなことができるのか、携帯電話会社に連絡したりしてみたが、結局わからなかった。

さらに、びっくりすることは続く。「先輩からバイク買ったから、代金はバイト代から俺が払う」と息子。「免許は？」「これから取る」「ええッ？」「毎月三万円を先輩の口座に、自分で振り込むから」。

返事をする間もなく、大きなバイクが家に来た。バイクの名義は息子になっていた。そして、期日に振り込まなかったようで、早速、先輩とやらが家に来て息子と話をしている。それも、買った先輩のさらに友人という男で、私が出ていくと物腰は低いものの普通の人ではない感じで、不安がつのった。結局バイク代は払い続けたが、免許のない息子は乗ることができず、バイクは友人の間を転々としていて、警察から「息子さん名義のバイクが無断駐車してるので移動するように」という電話がよく来た。

何かあったら息子が責任を取らされるし、自賠責保険も切れそうで、事故でも起こされたらと思うと落ち着かず、私はバイクを探し回っては息子の友人によく連絡をし、警察にも相談した。そのうち譲ってほしいという友人が現れ、名義変更をした。要するに息子はただ、バイク代を払っただけだった。

私名義の携帯電話も解約させた。息子に「よく解約できたね」と言うと、契約した相手から「おまえの母ちゃんうるさくて、しつこい」と言われたそうだ。母ちゃんの息子を守る力は大きいのだ！

しかし、この年大雨は降り続く。

夏、私の妹の夫が末期がんで亡くなった。息子の好きな叔父さんだった。亡くなる数日前、息子に話をして一緒にお見舞いに行った。病室では、明るくふるまおうと、私は「見てよ、この姿。まったくヤンキーそのものだよね」と笑って言ったが、妹の夫は死の床にありながらも、息子に「おまえはもう高校生なんだから、自分の行動には責任をもて。母ちゃんに心配かけるなよ」と言ってくれた。息子は、黙ってうなずいていた。帰り道にひと言、「本当にもう長くないのか？」と言って、押し黙っていた。

葬儀の日、息子は叔父さんの棺が火葬場に消えるまで大粒の涙を流していた。

■頼みの綱も切られた

秋になると、高校から「両親で来てほしい」と呼び出しがあった。夫婦と息子で出かけていくと、自主退学を勧められた。成績は良くないがそれが理由ではない。息子は学校が大好きで、夜遊びをしていても学校には行っていたので、出席数が足りないわけでもない。息子の素行が悪いので学校に来られない生徒がいるからだと言う。「いじめと同じです」。

息子は謝って、態度を改めると言ったが、「辞めてください」「決定です」と動かない。問題を起こす生徒はさっさと辞めてと言うばかりの学校の態度だった。息子にとっても、思いがけない言い渡しだったと思う。涙をため、こらえていた。本当に学校が大好きなのに。

家に帰ると息子はすぐに学校の友人に電話をしていた。「退学になっちゃった」と伝えると、みんなが息子のために集まってくれるという。「出かけてくる」と言う息子に、父親は「ふざけるな、こんな日にまで出かけるな！ どうするんだ！」と怒ったが、私は、今この子の気持ちをわかるのは友人たちしかいないと思い「いいよ、行っておいで」と送り出した。

このとき息子のために七〜八人が集まってくれたそうだ。そして、この子たちも皆、その後それぞれの理由で一人残らず退学となった。また、このときの息子の彼女が、先生に「どうして辞めさせるのか」と食ってかかったということも聞いた。

こうして、息子は高校を辞めた。いろいろな事があっても、「学校大好き」が頼みの綱だったのに。私は、夫からも義母からも責められ、これからどうしたらいいのか途方にくれた。息子もそんな気持ちだったかもしれない。自分だってどうしていいかわからないのに、私は息子に「これからどうするの？」と結論を急がせていた。

それから数日して、娘の大学合格の知らせがきた。障害を持った娘の合格はまず無理だと思っていたので、本当に嬉しかった。しかし自分の産んだ子が、同じ時に、一人は退学し一人は合格する。この差に「嬉しいのに、悲しい」、そんな思いで泣けてならなかった。

■気付いたこと

息子は、夜も出て行くようになった。夫は、相変わらず「あんな奴は生きていてもしょうがない」と言い、「家にいないでほしい」「社会のクズだ」と言い続けている。私には、言われ続ける息子の悲しさが感じられて、苦しくてならない。でも、出かけていく息子を責め続けた。

夕方になると、「これからまた長い夜が来る」と怖かった。ドアに鍵もかけず、居間で寝て息子を待っていた。寒くなれば夜は出かけないだろうと思って、冬の到来を待った。

相談する人はいなかった。しかし、「夜回り先生」で知られる水谷修先生や「ヤンキー先生」と呼ばれる義家弘介先生の本はほとんど読んだ。読み終わった本を、息子が使うパソコンの横に立て掛けておくと、たまに開いて読んでいるようだった。

そして、息子のこれまでのことを考えながら、息子の寂しさを思った。そして、「怒ってばかりではダメなんだ」「怒るだけでは息子の心に何も届かない」「息子は、求めているんだ」と気付いた。「今のままでいいから帰っておいで、おかえり」と伝えていこうと思った。その時から、「寒いから早く帰っておいで、風呂暖かいよ」、そんなメールを送り続けた。

息子は、いろいろと考えた末、友人と一緒に通信制高校に入学した。少しは、学費をバイトで稼いでほしいと伝えたが、バイトもすぐに辞めてしまって、なかなか続かない。でも、回転ずしのバイト先で、「辞めないでがんばれ」と店長に言われたと笑顔を見せた。「ちゃんと見てくれる人もいるからがんばれ」と私も励ましたが、他の人との関係がうまくいかなかったようで、結局は辞めてしまった。でも十ヵ月続いた。「がんばれるじゃない」とほめた。

■安らぎのない家

その年も終わろうとする暮、義父が倒れ、十日ほどで亡くなる。寡黙な義父は、何を伝えることもなく逝った。葬儀の時、テーブルに置いた香典から中身が抜かれていた。夫は息子だと激怒した。もしそうなら当たり前だ。でも息子は「おれは知らない」と言い続ける。「わかった、もういいよ」と私は伝えた。

四十九日の法事になろうかというころ、幼い頃からの野球仲間のお母さんから、「おたくの息子にうちの子が脅されて、お金を貸しているようだ」との電話がきた。息子に聞くと「うん、借りてるだけ、いずれ返す」と言うがそんな気配はない。法事も済んで落ち着いてから、私は自分の給料日に全額下ろして、息子とその家まで行った。玄関に息子を土下座させて謝った。私は切なくて泣いた。帰りの車の中で息子もずっと泣いていた。こんな生活は自分も嫌なのだろう。

なぜこんなにお金が必要なのか、このとき息子は何も言わなかったが、先輩が暴力団から逃げ出すのに必要だったらしいということが後でわかった。

その頃、家に来た友人に、家の前に乗り捨てられていた自転車を「乗って行けば」と勧めたことで、息子は「遺失物横領罪」として、警察のお世話になった。

警察では、「こんなことしてると、ワル以外には誰も相手にされなくなるぞ。そうしたら、お前の人生は裏道しか歩けないようになるんだぞ」と言われた。警察官の言っていることもそうかもしれないが、親だけでは子どもは育てられない。私はこの言葉に、社会というものへの不安を感じた。

こんな日々が続く中、冬になったのに、息子はどんなに寒くても、夜出かけて行く。それでも、一日に一回は帰ってきていた。食事の時間に家にいるときでも、家族と一緒には食事をとらず、私が息子の部屋に食べ物を運んだ。

五人のテーブルに、いつも一人いないことが切なくて、私も食べ物がのどを通らない。そして思った。そうか、息子にとってこの家は安らぎの場所ではないんだ、寒くても外の方がいいし、自分の部屋で一人で食べるほうがいいのだ。

■やっと、やっとたどり着いた場所

義父の死後、義母が寝たきりになった。介護にも追われる毎日。その中で、私は、とにかく手探りだった。

何とか相談できる先生に出会えたと思ったが、「あそこまで悪くなると、ねえ」と何気なく言われた言葉で、もう頼れないと思った。図書館で本を捜しては読んだ。でも、正論が並んでいるばかりで、実際の私には何の参考にもならない。何回目かの図書館で元家裁調査官の浅川道雄先生の本と出会った。読みながら、「やっと見つかった」、そんな気持ちになった。

そして、それから数日後、新聞で「非行」と向き合う親たちの会（あめあがりの会）が無料電話相談を行うという記事を見つけた。すぐに電話をし、話を聞いてもらい、お金への対応についてのアドバイスももらった。そのときに、親たちの集まりがあるということも教えてもらった。東京に行くのは無理だなあ、と考えていたが、「でも、今行かなければ、私の苦しみはまだ続く」と思った。そして地図を片手に電車に乗った。

あめあがりの会の例会に初めて参加した。そこには、私と同じように悩んでいる人がいて、私の話も聴いてくれて、誰も私を責めなかった。やっと、やっとここまで来れた……。ただただ感謝だった。

私の中の力がよみがえる。何の指示があるわけでもないけれど、どんな相談機関より具体的で、生きた言葉が心に入り込んできた。

「非行」を考える全国交流集会が毎年開かれていることも知った。千葉で開かれるその集会にも、初めて行こうと思っていた。その間の義母の介護が気になっていた矢先、寝たきりになっていた義母が亡くなった。「私のことは心配しないでいいから、行きなさい」、そう言いたかったのかもしれない。

息子と仕事に追いまくられ、寝たきりの義母の介護も追われるようにこなしていて、やさしい言葉も十分にかけてあげられなかったことが、悔やまれた。

義母の葬儀から一週間後、息子の彼女が中絶をした。一ヵ月前に妊娠がわかり、息子も一緒によく考えた結果だった。私は、義父母の仏壇に手を合わせる時、生まれることのできなかったこの子にも祈っている。

■こんど大雨が降ったら、ぬれてもらうよ

その後、息子は東京に行きたいと言い出した。「今のあんたには無理でしょ」と反対していたが、ある日、「友達と彼女と三人で、もうアパートを借りた、俺は絶対ばかなことはしない、信じろよ！」、そう言った。今度は確実に行くだろう。

不安でいっぱいになって、私はあめあがりの会にすぐ電話をした。ひと通り話をきいてくださった事務局長の春野さんは、「出すのだったら、気持ちよく送り出してあげましょう。もし、いなくなったら一緒に捜しましょうよ」と言ってくださった。私は息子と彼女に、「東京で、困ったことや危ないことがあったら、ここに電話しなさい」と言って、あめあがりの会の電話番号を二人の携帯電話に登録させた。「どこより安心だから」と付け加えて。

出発の前日、息子の好きなカラアゲを作った。暖かい気持ちで送り出したかったから。

夫も「気をつけてな」と言ってくれた。今息子は、東京でとび職をして働いている。

息子が東京へ出た翌週、私はあめあがりの会の例会に出席するため上京した。息子のアパートに寄ってみると、息子の友達の男の子がいた。「いろいろ世話になるね、ありがとう」とお礼を言うと、「いや、おばさん、こちらこそ」と金髪の彼は照れた笑顔で返してくれた。

金髪でだらだらした格好の息子は、いやだった。
金の問題を起こす息子は、いやだった。
彼女を連れてきて泊める息子は、いやだった。
とにかく非行の道を進んでいる息子は、いやだった――。
そうやって、息子を責めているときは、すごいパワーが必要でストレスもたまった。
そんな息子を受け入れようとすることはとても難しいけど、疲れない。
そうしたら、笑えるようになった。
息子の気持ちに近くなった気がする。
彼女は「おばちゃんのおむすび、おいしい」と言ってくれた。工事現場で働いている金髪の男の子を見ると、息子に重なって、「がんばれ！」と心の中でエールを送った。

そして今、娘も弟も、息子のことを心配して、何かあるとすぐに声をかけてくる。息子は、きょうだいからも支えられている。

今は雨も小雨になった。でも、いつ大雨になるかわからない。私より稼いでいる息子が、給料日前になると「五千円でいいから貸して」と言ってくる。それでも毎月、これまでに私が貸したお金の返済として、一万五千円を返してくれている。

こんど大雨が降ったらずぶぬれになってもらうか。

雨宿りの場所も必要かもしれない。そして二人で入れる傘も……。


この原稿を書いていたら、私の携帯が鳴る。時刻は午前0時。ああ息子だ、不安がよぎる。息子にとって、自分が起きている時間は普通の時間なのだ。

私の心臓も強くなった。

「はい、なあに？」

「明日仮免の試験で、朝七時に起こしてくれ、頼む」

七時に電話して起こしてやるか。私も親ばかだ。

虐待からの癒し——私の非行と虐待の連鎖

みやこ

私には、現在二十代前半の二人の息子がいます。子どもが成人しても、親としての不安や苦悩は途切れることがないものだなぁと思いながら、息子たちの意外な成長ぶりや頼もしさを発見した時は、喜びをも感じながら母親をしています。現在は成人発達障害者や子育て中のママさんたちに向けたワークショップのファシリテーターをしています。

そのような私ですが、自分自身が虐待を受けてきた体験を持っています。大人になってからや、子育てをするうえでどのような影響があったか、子育てを通じ、どう回復して今の自分になれたかをお伝えしたいと思います。

■「それは虐待です」のショックから

私が「虐待を受けて育った」と分かったのは、大人になり子育てを始めてからです。自分の子育てがうまくいかないと思い悩んでいました。

幼少期の子どもは、自我を出し、ぐずったり泣いたりするものだと思えず、息子が言うことを聞かないと、私は怒りの感情が溢れどうにも止められませんでした。何があっても、なくても二十四時間いらだっていて、苦しくてたまりませんでした。感情はイラつく程度の軽いものではなく、「激怒」というかたちで子どもに向かい、心配して近所の人が駆けつけてくることもありました。

こうありたい母親像とはかけ離れている自分が嫌でたまらなく、つらい子育てを何とかしたくて藁をもつかむ思いでさまざまな所にでかけました。そしてある専門家のカウンセリングを受けることになりました。そこで、私がどう子育てがうまくいかないのか、子どもをどう感じるのかを話しました。

「私たち専門家の言葉で、それは言葉の暴力と言います、言い方を変えれば、心理的虐待と言います」

ショックでした。でも、逆に私が我が子に虐待をしているとはっきり突きつけられたおかげで、「絶対にどうにかしなくちゃ、絶対やめたい」と強く思いました。そして、このことに逃げずに向き合い、私に「虐待からの連鎖を私で止める！」「絶対に成し遂げてやる！」と思わせてくれたのだと思います。

■父という人

父親は自分に厳しく規律をきちんと守る人でしたが、周りにもそれを求める人でした。自分の感情が最優先で自分が一番でないと気が済まず、相手の事情や感情は関係なく思いのまま事をすすめ、思い通りにならない事や失敗を周りのせいにして自分を正当化するのです。家庭の中では妻である母にもそのような態度でしたが、大人である母からは反論や逆に倍になって攻撃が返ってくるので、矛先は子どもである私に集中していました。

例えば醤油を私がこぼすと大声で怒鳴られ、くどくどといつまでたっても嘆きます。でも自分が醤油をこぼすと「こんなところに置いてあるからこぼしたんだ。誰だ置いた奴は」と置いた人が悪くなり、やはりくどくどといつまでたっても嘆くのです。

置いてあったダンボールに足をぶつけて痛い思いをしようものなら「誰だこんなところに置く奴は」とダンボールを置いた人が悪くなり、自分の見過ごしや不注意という考えは全くありません。そんな感じで父の中で起こりうるネガティブな事は全部周りのせいになるので、母とのケンカはほぼ毎日でした。私のことで言い争いがあろうものなら、「お前のせいでケンカになった」「お前が悪い」と言われます。

醤油をこぼして怒られている私をかばおうとして母が父にモノを言おうものならケンカが始まり、「お前が醤油をこぼすからこんな事になったんだ」とケンカをさせたお前が悪いとなります。今だったら私は悪くないと思えますが、十歳前後の私にはその判断がつきませんでした。

ひどいとは思いながらも、大人は正しいと思い、お父さん・お母さんの言うことは間違っているなんていう発想は持てませんでした。父は自分を最優先にして子どもである私の感情や要求はほとんど受けいれませんでした。このことを専門家の方たちは「心理的虐待」と言うそうです。

■母という人

母はというとまたユニークな人でした。母との記憶の中で一番印象的なことは、私が「ママ」と呼んでも一度で返事をしてもらえないということです。無反応でした。母がテレビを見ていたり本を読んでいたり、料理をしている時はもちろんですが、何もしていなくても返事がありませんでした。何回か呼んでも返事がなく「ママーー」と私がヒステリックに叫んでやっと「なあに」と、初めて声をかけられたような反応を示します。

母は家事一般をこなせない人でした。家の中は常に散乱していて、物が所定の場所にあることはなく、私はいつも探し物をしていました。はさみ・ティッシュ・片方の靴下・月曜日に持っていく上履きなど、使いたいものを所定のところに取りに行くという行動でなく、この前あそこで見たから探してみるということが日常でした。食卓の上は何日も前の食器が置いてあり、はさみや包丁が家に五本以上はあるのにいつも見当たらず、モノに埋もれて生活している状態でした。夕方になっても夕飯の支度をする様子はなく私たち子どもが「お腹すいた〜」と何回も訴え続けてようやく支度に取りかかるのが常でしたが、五本もあるはずの包丁が見当たらないのですから、まずは探すことから始まるのでした。

洗われていない鍋を洗い、塩などの調味料を探しながら作るので、ご飯ができるまでに相当な時間がかかります。しかも料理をしている音が途絶えて台所を見ると、料理をせず他のことをしていたりボーッと考え事をしていたりするのです。

父は、自分のご飯が毎晩できていないことに腹を立て、家が散乱している事に嘆くので、私は父の帰宅時間が近づくとドキドキして落ち着かなくなります。時計を気にしながら母に「ご飯の支度をした方がいいよ」「部屋を片付けた方がいいよ」と言いますが、母はお構いなしでTVを見ているのです。

記憶の中に餃子のような固形のものを手づかみで食べた風景があります。母からお箸を出してもらった記憶はなく、餃子だったら酢と醤油のセット、カツにはソース、パンにバターとバターナイフなどの当たり前のセットが食卓に出された記憶がないのです。

週末に体操着を出して月曜日の朝に持っていける。そんな夢みたいなことはありませんでした、運よく持っていけたとしても遅刻ぎりぎりまで探す、または洗われていないまま持って行くのが関の山でした。私は家の中で常に気を張り、リラックスできる場所ではありませんでした。

専門家からこれらは虐待の中に含まれる、育児放棄(ネグレクト)であると言われました。

■母のつらさを思う

私が子どもの時に喘息だったと分かったのは、息子の喘息時のヒューヒューという音を聞いた時でした。私は子どもの頃に、のどから面白い音が出るので、その音を出して遊んでいた記憶があります。息子の発作の時と同じ音なのでした。そういえば咳が止まらず苦しみましたが、訴えても薄着をしていた私が悪いことになり、病院にかかることはありませんでした。この事に関して私の育児困難をサポートしてくれた保健師さんから「お母さんは学習障害かもしれない」と言われた時は、とてもびっくりしましたが、何年も主婦として家事をしているにもかかわらず、朝ご飯の一連の動作をこなせず、いちいち父に言われて用意する状態を思うと、妙に納得しました。

母は他界したので、医者からの診断は受けていないので何とも言えませんが、想像するに母は「発達障害」の「注意力散漫」や「衝動」が抑えられない部類に入るのかなと思います。もしそうだとしたら、家事や子育てをする事は困難で、さぞつらい思いをしていたのだろうと思います。

現在では障害の有無にかかわらず、子育てや家事が困難な親への支援が充実してきています。当時、家事のサポートや行政の介入や相談など、何かしらの支援が受けられれば母も私も少し楽に過ごせたのではないかと思います。

■やり残した思いのまま

このような状態で、家庭は私にとって安心できる安らぎの場とはほど遠く、物が散乱し、いさかいの声が響く常に緊張した場所でした。母からも「あなたが悪い・あなたのせい」というメッセージを常にもらっていました。

中学生になると両親そろって、勉強についてとても厳しく言われるようになり、テスト前は茶の間でくつろぐ事も許されませんでした。さらに友達関係をチェックするようになり、身なりで、いい友達・悪い友達を決めつけました。中学生になるとそんな母や父に対して反発をします。理不尽で不当で恥ずかしい両親だと思うようになりました。そんな両親や家は当然、居場所ではなく、外に自分の居場所を求めます。

中学時代は莫大なストレスがありましたが、部活のバスケットが居場所となり、どうにか気持ちを発散できました。でも、高校に入ってバスケ部を入学二ヵ月でやめてからは、どんどん不良の世界や夜の世界にはまって行きました。外の世界は、否定されず非難されず、服装をとがめられることもなく、母によって自分の物が紛失することもなく、とても居心地がよく刺激があり魅力的でした。

しかし両親はそうした私に慌て、余計に厳しくなり、母は私の眉毛の角度や靴の色、友達のチェック、帰宅時間を確認し、部屋をかぎまわりました。この時はネグレクトとは正反対の行為をしてきたので、専門家にネグレクトと言われても最初はピンと来ませんでした。

母は自分の型にはめ込もうと必死でした。父には常に「お前のせいで会社を辞めることが絶対にないように！」「新聞沙汰になれば家族全員が路頭に迷うはめになる」と言われ続けました。両親がどうなっても関係ないと思っていましたが、当時幼稚園だった妹弟につらい思いをさせたくないということと、心を許せる友達がいる高校を辞めさせられないようにしようという思いで、一線を越える行動を踏みとどまっていました。

タバコやお酒はやるけどシンナーは吸わない。ヤクザっぽい大人とは表面では付き合うけど深入りはしないなどです。他の友達はそのような大人たちと深く付き合い行方不明になったり、覚醒剤を打たれて風俗嬢になったりしていました。今は良かったと思えていますが、当時は遊び足りなかった、もっと思い切りやればよかったという思いを長く持ち続けました。

幼い妹弟と高校の友達の存在が、私を守ってくれました。

■親への仕返しとしての「非行」

その時期の母は小さい妹弟の育児や苦手な家事で大変だった上に、十代の長女が妹たちの世話や家事の手伝いをするどころか、非行という親として最も心配な行動に出たのでストレスも相当だったと思います。もちろん当時の私は、そんな事は少しも思わず親を憎み・恨み・恥ずかしく思っていたので、会話をすれば必ずケンカでした。

お互いの信頼関係はなく親子の関係は破綻していました。私が学校帰りに新宿に遊びに行くために私服を持って行った時、それを知った父が売春行為をしていると思い込み、激怒して私に馬乗りになって殴りました。その時には二週間、両親を無視し続けました。食事も一切食べないで部屋から出ず、ボイコットをしました。それは両親への仕返しです。

高校を辞めていたら、家出をして薬物をやり、風俗やヤクザの所に行き「どうにでもなれ」と落ちるところまで落ちていたと思います。今思うと心理的には、ぎりぎりのところにいたと思います。

そういえばこのような親子の壮絶な出来事の後は、必ず「死にたい、自殺しよう」と考えていました。手首に刃を近づけて傷をつけることはありましたが刃を強く当てる事はできませんでした。自分が死にたいのではなく、親が一番つらくなることは何かを分かっていて、親への仕返しとしてそう思うのです。

その時の気持ちは「こいつら絶対に許さない」という怒りでした。当時は無自覚でしたが、深いところでは「お父さん、お母さんどうして私を分かってくれないの。どうしていい子じゃないとダメなの。お願いだから、ありのままの私を愛してください！」という、死ねば分かってもらえるかもしれない、そう思ってくれるかもしれないという「助けて」の心の叫びだったのだと大人になった今、分かるのでした。

そんな恨みつらみ、仕返ししてやる気持ちが少し和らいだのは父が五十歳になった時でした。十代後半の私には五十歳というのは老年時代の突入のように感じました。「お父さんはいつまでも若くなくて、お爺さんに近づいているんだ」、そう思った時、憎み・恨み・反発していた気持ちがフッと抜けてきたのです。

その頃、駅で仲間とたむろっていた時に、会社帰りの父の後ろ姿を見ました。一日働いて家路に帰る父の姿に、何かを感じたのです。狭い家の中だけで接していると、うるさくて威張り散らす父親ですが、駅から帰宅するサラリーマンとして客観視した時に、家族のために頑張って働いている父親像を見たのでしょうか。その父の後ろ姿に、凝り固まっていた父親に対する思いが崩れたのをはっきり覚えています。

誰かに、親の大変さや感謝することを押し付けられる形でなく、社会に出ていろいろな人と交流することで、父親に対する視点を変えられたことは、私の心の奥底に根づいた出来事でした。両親の性格は変わらずそのままですが、その頃から普通の会話も増えお互い笑顔で接することも出てきたと思います。

■虐待の連鎖、というやつ

しかし、両親のいろんな価値観は変わりません。成人すると、親は結婚相手まで決めたがり、結婚にはひと悶着もふた悶着もありましたが、なんとか自分で決めた人と結婚し、出産しました。しかし私の子育ては冒頭にも書いたように、ボロボロでした。親にされて苦しかった事を絶対にしたくないと強い思いがあるはずなのに、我が子に同じ事をやってしまうのです。虐待の連鎖、というやつです。

子どもに対して常に感情的になっていました。子どもが泣く・ぐずる・自我を出すといった負の感情を出そうものなら怒鳴りつけました。子どもの言い分や気持ちを無視した「そんな事を言うお前が悪い」というメッセージです。

ずいぶん子どもたちにつらく当たりました。自分が子どもの時に受け入れてもらえず我慢して抑えてきたので、わが子が感情を出す事に耐えられないのです。

「私は我慢してきた、この子は我慢しないで私に感情をぶつけてくる、ずるい」

子どもが失敗すると「お前が悪いメッセージ」をここぞとばかり、突きつけ独りよがりの子育てをしていました。そして、子どもが可愛く思えない、寄り添えない自分を責めていました。やりたくない事をやってしまう、してあげたい事ができない自分に自信をなくし苦しかった。今思い出しても、その時のつらさは半端ではありませんでした。

現在はどうかと言うと、「子どもは、かけがえのない宝物」と思えています。すべてとは言えませんが、ありのままの子どもを受け入れられる、子どもの感じ方を尊重できる親になってきたと思います。

息子は二人ともそれぞれに心配事もあり、思い悩む事も多々あります。特に長男は大きな問題を抱えているので頭を悩ませている最中でもあります。成人しているので、あえて突き放してみたり、時にはサポートしたりと模索しながらですが母親をやっております。

大切にしていることは、どんな事がおきてもお母さんは「あなたを見捨てない、あきらめない」というメッセージをいろいろな表現の仕方で送っていることです。

■「私が悪い」の思いがほぐれていった

ではどうやって深い傷を癒し、回復できたかをお伝えします。

「私たちの世界では心理的虐待と言います」とおっしゃったカウンセラーの方は、「これは克服できますよ。私と一緒にやっていけるけど、どうする？」と言いました。とても頼もしく、心強かったことを覚えています。真っ暗闇の中に一条の光を見つけ、ないと思っていた出口が実はあったのだと思え、何とも言えない安堵を感じたのを覚えています。

そして、一つはカウンセリング、もう一つは同じ境遇の人の集まりのグループの二本柱で、「癒し」の作業が始まりました。

「親の言うとおりにできない自分が悪かった、やさしい母親になれない私が悪い」との強い思いの私に「それは仕方のない事、だってあなたは無償の愛を親からもらっていないし、優しい母親像を学んでこなかったのだから」「できないのはしょうがない事。あなたは悪くないよ」と。あれだけ凝り固まっていた「私が悪い」の思いが少しずつ、ほぐれていきました。しかし、今度は「もらえるはずの愛情を私はもらえなかった」という喪失感から、「こんな私にしたのは父と母だ」と憎しみや恨みの強い感情が出てきて、それはそれでとても苦しかったのです。

実の親をこんなに憎む自分を責め、わが子が育てやすい子だったらこんなにならなかったんじゃないか、「周りが悪い」と思い、そしてそんなふうに感じる自分を責める、そのくり返しでした。

湧き出る負の感情を誰にも評価されないので、本音を言える場が、カウンセリングと「癒しのグループ」でした。そこには、泣き叫びながら表現する人もいます。「私の人生を返して」だの「殺してやる」だの、それがたとえ理不尽なことでも責められたり非難される事は決してありません。皆が心にある、思いのままを話せる場でした。仲間の話を聞いて気づきもあります。視点が変わる人もいます。

「殺してやる」と泣き叫んでいた人が、ある日、心の奥底にある思いを話しはじめます。「お母さん、どうしてほめてくれなかったの。どうして私を愛してくれなかったの」と怒りの叫びから「お母さん私を愛して！」の愛を求める叫びに変わっていきます。

私はその人を見ていて気づいたのです。非行時代に夜の繁華街で楽しくはしゃいでいたのに心が晴れたなかったのは、本当は受け入れて愛してほしいお父さん・お母さんに反抗して背中を向けなければならなかったからだと。魅力的な夜の繁華街や派手な洋服、かっこいい暴走族の彼や、ヤクザの知り合いにアチコチ連れて行ってもらえる事では、私の心は決して満たされずにいたことを。

一対一のカウンセリングはもちろんの事、グループはとても効果があったと思います。

他では、言いにくいことも、ここでは飾らず隠さずありのままでいられる、唯一、生まれてはじめて私の居場所ができました。評価されることは決してない、安心できる場、安心できる人、安心できる仲間の中で、ありのままの自分でいられる場所があることは私が回復するスピードを上げてくれました。場に立ち会ってくれていたカウンセラーの方と見守ってくれていたスタッフの想いや共感力に、とても助けられました。

自分に自信がなく「ダメな自分」「悪いのは私」「私のせい」という強い思いがほぐれ、「自分って結構いいところもある」と思え、失敗すると「ここが私の課題だけど、それも私。どうすればいいのかなぁ」と考えられるようになりました。息子たちは幼少期に「虐待」を体験しています。それが彼らの人生で、どのような影響を及ぼすのか一抹の不安はありますが、成人した今でも私が出来ることはしていきたいと思います。

私が感情を理不尽にぶつけていた時は萎縮していた息子たちは、今では私が感情的に怒って指摘されることは理解できるけど、感情をぶつけられた時は「それは僕たちの問題ではなくてお母さんの問題」と思えるようになっているようです。

■あの頃の私へ

家族や友達がたくさんいても、宇宙の中で一人ぼっちだと感じていたつらかった十代の私と、育児に疲れきって自信をなくしていた私に今の私が声をかけるとしたら、こんな言葉です。

「あなたは、あなたの思いや感じたそのままを大切にしていいんだよ。正しいとか、間違いとかにとらわれず、そう感じたのならそう思っていいんだよ」

あの十代の私に、一人でもいいからそのように受け止めてくれる大人がいたら良かったなぁと思います。

息子に鍛えられて

あんどう　なつ

■あの頃……

「あの頃の母さんは狂っていたよな。俺も変だったけど」

中学生の時に荒れ始めた息子が、ようやく嵐の渦から抜け出したある日、ポツンと言った言葉です。

私たちには三人の子どもがいます。どこにでもある平凡な家庭で、それはいつまでも続くもの、崩れていくとは思ってもみませんでした。子どもたちが小さい頃から、兄弟を比べることはしないように気をつけて、それぞれを大事に育てたいと考えていました。

三人兄弟の二番目の息子はちょっとお調子者で、気持ちが優しく、でもとても活発な子で、よく近所の子たちを引き連れて遊んでいました。幼稚園の時から続けていたサッカーも、「いつかJリーグの選手になるんだ」と夢を持っていました。

■心配

中学生になった息子はサッカー部に入り、それははりきって通学していました。でも一年生の後半になると少しずつ様子が変わっていきました。何となく苛立っているようなことば遣いや、振る舞いが気になりました。そのうちに「先生が口をきいてくれない」「何か聞いても睨みつけてくる」と言うようになりましたが、私はただ聞くだけで、先生に学校での様子を尋ねることもなく、もしかしたら「ちゃんとしなさいよ」ぐらいのことを言っていたのかもしれません。

今思えば、その時にもっと子どもに寄り添った行動ができていたなら、のちのち違っていたかもしれないと……。

二年生になると少しずつ心配なことが起こり始めました。同学年の子とのケンカがあったり、先輩とお酒を飲んだり、どうもバイクに乗っているらしいと知人から聞かされたり。そんな夏休み前のある日、部活の顧問の先生からの体罰がありました。その日は、練習の前にミーティングをするので準備だけをするように言われていたそうです。ところが、誰からともなくプレイを始めてしまいました。そのことで二年生の部員が呼ばれ、息子に対して「おまえが悪い」と怒ったそうです。そして息子を用務員室に連れて行き、殴る蹴るをし、「おまえは部活を辞めろ。すぐにユニホームを返せ」と言ったそうです。

さすがの息子もひどくショックを受けて、泣きながら話してくれました。なぜ、一人だけ怒られて暴力を受けなければいけないのか。どうして仲間は何も言ってくれなかったのか。私はどうしたらいいのか夫と相談し、まず学校へ行ってどういうことだったのか聞かなくてはいけないと思い、その日に学校に行きました。

校長先生、教頭先生、顧問の先生と息子に私。私は子どもがどんな気持ちで殴られ、蹴られ、ののしられていたか、考えてほしいと言いました。

校長先生は「指導熱心ゆえの出来事」と言い、顧問は「とにかく話をおおごとにしないでほしい」と言います。教頭先生は息子に「君は他の人が経験できない貴重な経験をしたんだよ」と言いました。貴重な経験ってどういうことだろうと思いながら、反論できませんでした。

帰り際に先生方は息子に謝りましたが、その後、学校では教師による暴力はなかったことになっていて、「○○君は悪い子なので、強い指導はありました」とほかの親に言ったと、しばらくして同じサッカー部の仲間の母親から聞かされました。私たちはそういう学校に不信感でいっぱいになりました。でも、卒業するまでまだ一年半もある中学校生活の中で、先生方の息子に対する扱いがどうなるかを心配し、結果的には自分たちの気持ちを抑えこんでしまいました。

この時も子どもを守りきることができなかったのかもしれません。

■自分を責めて

その頃から子どもの行動は速度を増して悪くなっていったように思います。夜遊びや万引き、タバコやお酒、そのほかにも問題が起こってきました。そして、中学三年になると自分の好きな時間に登校し、好きな時間に抜け出してしまうこともしょっちゅうでした。先生からは「今日はこんなことをしました」とか「今こんな状態です」など毎日のように電話がかかってくるようになっていました。

子どもが外に向かって飛び出していけばいくほど、私は家にこもるようになってしまいました。「他の子と同じようにさせなくては」「きちんと学校に行かせなくては」と一生懸命良くしようとしていました。「今どこにいるの！　誰といるの！　何時だと思ってるの！」、口から出るのは問い詰める言葉ばかりでした。

そんな家に誰が帰りたいと思うでしょう。そんなことにも気づかず、子どものためと言いながら、本当は「あんな子」の親と見られたくないと世間体を気にしている私でした。その頃は好き勝手にしている息子に対し、なぜそうしないといられないのか、子どもの気持ちに思いを寄せることはなく、そんな子に育ったのは自分のせいだと、私自身を否定していました。育て方が悪かった、子どもを産んだのが悪かった、結婚したのが悪かった、私がいたからこうなった、生きていてはいけないと考えるようになりました。

ある晩、帰ってこない息子を待ちながら、自分さえいなければ息子はきっと目が覚める……そんなことをぼんやり考えていたように思います。明け方近く、息子が帰ってきたとき、私は台所の流し台の前にうずくまっていました。

「何してんだよ」、息子が電気をつけた時、私の手にはナイフがありました。息子の声で起きてきた夫が、ことの次第を理解し、息子に「母さんだけ逝っちゃうんだぞ！」と言ったのがわかりました。そのときは私も息子も泣きました。後から考えれば、親の身勝手で、子どもたちに一生重たい荷物を背負わせてしまうところでした。そしてこの一件は、息子の心を傷つけていたと思います。

■卒業式

しかし、そんなことがあっても数日すると、息子の生活は元に戻っていきました。何日も家に帰らないこともありました。学校では先生が、本人の前でクラスの子たちに「こいつとは関わるな」とか「お前が学校に来ても何の役にも立たない」など言っていたそうです。家でも学校でも傷ついている子どもが、毎日どんな思いで生きていたのか、そう考えると胸が詰まってしまいます。でもその頃の私は、自分のつらさだけで精一杯でした。

そんな時に『ARASHI（嵐）その時』という非行の子の親が体験記を出したという新聞記事が目にとまりました。早速その本を取り寄せ、読んで、驚きました。「同じ思いの人がいる！」、早々に夫と二人でその会が主催した公開学習会に参加しました。悩んでいるのは自分だけではないと、少し元気をもらって帰りました。一九九九年十二月、私は「非行」と向き合う親たちの会（あめあがりの会）に繋がったのです。

翌月から私は、あめあがりの会の例会に参加し始めました。同時にこの頃、息子の進路のことともに卒業式のことが気になりました。息子は、卒業式に「刺繍ラン」を着ると決めたらしく、どこかでギンギラの刺繍をいっぱいにした学ランを注文で作ってきたのです。その学ランをうれしそうに部屋に飾っていた息子。しかも、「母さん卒業式、来てね」と、私の気持ちにはまったく気づかないのか、普通に言うのです。私は胸騒ぎがし、不安でなりませんでした。あめあがりの会の例会で卒業式の不安を訴えては「行きたくない、でも、どうしよう」と泣いていた私でした。

式の数日前、仲良しのお母さんが、私の気持ちを察したのでしょう。「一緒に行くから、支度して待ってて」と電話をくれました。迷っていることが苦しくてならなかった私の背中を、無理やり押してくれたのでした。行った卒業式は、私には針のむしろでした。でも息子は、「母さん来てくれたね」と笑顔でした。行ったことで、かろうじてつながってい た細い絆が、切れないで済んだのかもしれません。その時から、なんだか会話が少し増えたようにも思うのです。

■暴走族

私は、毎月あめあがりの会の例会に通い、息子のことや私の思いなどをたくさん話しました。そして他の方の話もたくさん聞いて、学ばせていただきました。ここでは自分を飾らず、素のままで安心していられる、おまけにこんな私を誰も否定しないのです。「そうなのよね」「うちもそうよ」と受け止めてもらえたのです。私にとって、なくてはならない場所になっていきました。

中学を卒業した息子は、何とか私立の高校に入学しました。毎日のようにあった中学校からの電話もなくなり、こんなにも気持ちが楽になるのかとホッとした時期でした。でもそれも長くは続かず、学校内でのケンカで自主退学をすることになってしまいました。

そして、息子は暴走族のグループに入っていきました。特攻服が、特攻靴が、だんだん揃っていきました。とてもショックなことでした。無免許で誰のとも分からない大きな単車で爆音をたてて走ることは恐怖でした。「もしかしたら他人を巻き込んで事故を起こすかもしれない」、そう思うと、生きた心地がしませんでした。

そうなる前に誰にも迷惑をかけず一人で事故を起こしたら……その時はもうあきらめよう、と考えてしまうこともありました。それでもどこにいるのか分からない息子の携帯電話に、私たちはいつも電話をしていました。「どこにいる？　誰といる？　早く帰れ！」と。出るはずはありませんでしたが。

ある日、特攻服で出かける息子に私が、「危ないから行かないでほしい、走らないでほしい」と言うと、息子は「母さんはそう言うけど、俺は行かないわけにはいかないんだよ」

と、怒鳴るわけでもなく私に言いました。その言葉に、「じゃあ、気をつけて」としか言えませんでした。

何か私にできることはないのだろうか。あめあがりの会の例会で誰かが言っていたことを思い出しました。電話で夕飯のメニューを連絡し始めました。「今からご飯にします。今夜はカレーです」「今日はハンバーグです」。すると、返事が返ってくるのです、「分かった。三十分したら帰る」。時には「〇〇も一緒でいい？」と、友達を連れて帰って来ることもありました。

食事が済むとまた夜の暗闇の中に出かけていくのですが、少しずつ話す時間が増えていきました。

■かすかな光が

その頃、息子はアルバイトを始めました。力仕事です。そこの先輩や親方にとてもよくしていただいていたようです。朝早くから夜遅くまで、よく働いていました。「頑張ってるな」と認められたりして、自信をつけたのではないかと思います。夫と私は、「何かあったらその時に考えよう。最後は私たちで守ればいい」と話し合っていました。

ある時、息子が顔を腫らして帰ってきたことがありました。「友達と悪ふざけをしてケンカになった」と言いました。そのときは分かりませんでしたが、息子は腕を刺され、胸も切られていたのです。私は子どもの言うままの言葉を信じていました。

それから二ヵ月くらいたったころのこと。息子は、「暴走族をやめたい」「まだ十六歳なので円満に引退できない。だから隠れる」と、私たちに言ってきました。それまで私たち家族はいつまでもまっ暗なトンネルの中にいると思っていましたが、少し光が見えたように思えた瞬間でした。凍っていた家の空気が溶けていくように感じました。

息子は、アルバイトには早朝から夜まで出かけていましたが、行くときは周囲を見て隠れるように急いで迎えの車に乗り、帰ってくるときも送ってもらった車から急いで降りてきました。そのほかは外には出ず、息子の部屋の雨戸はいつもしっかり閉めたままにしていました。でも、家の中では何年かぶりに、みんなで笑うことができました。何ヵ月かして、息子は一生こうして暮らしてはいられないと、自分で、先輩や関わっている暴力団事務所に行き、区切りをつけたと帰ってきました。

それからは、何事もなくとはいきませんでしたが特別大きな問題は起きずに、少しずつ先輩との関わりが少なくなっていき、生活が変わってきました。先輩と呼んでいる人たちも仲間も、時間と共に成長してそれぞれ関係が変わっていきました。

子どもたちにも私たちにも、考える時間、成長する時間が必要だったのだと思います。

■子どもの気持ちを聴きながら

ところが、息子の生活もだいぶ落ち着いてきた頃、中学生の娘が学校へ行けなくなってしまいました。一番仲良しだと思っていた子からのいじめがあったのでした。「明日から学校に行けない」と娘が言った時、不思議なほど自然に、「気持ちが落ち着くまで、休んだらいいよ」と言っていました。何年か前の私だったら、何とかして学校に行かせようとしていたと思います。

でも、この時は、まず娘の気持ちを大事にしたいと思いました。息子が荒れていたときには十分にできなかったけれど、今度は娘の気持ちに寄り添いたいと思いました。娘は何を思っているのだろう、どうしたいのだろう、何をしてほしいと思っているのだろう……、そう思いながら、子どもの話をただただ聴いていました。夫も息子たちも問い詰めることはしませんでした。

この時も、私はあめあがりの会のみんなに支えられていました。自分は娘のために何ができるのかを相談したり、意見を聞いたりしました。くじけそうな時には励ましてもらいました。そして、半年後、不安を持ちながらもいろいろな人に支えられながら、娘は登校できるようになりました。

私は、息子の「非行」も娘の「不登校」も、あめあがりの会に支えられ、助けられました。自分だけではないという思いや、つらさや苦しさを安心して話せる場所があるということは、深い悩みに入り込んでしまったときに絶対に必要だと、私は自分の体験から思います。

■「俺が母さんを鍛えた」

振り返ってみると中学ではいろいろなことがありました。子どもも親も、学校や教師に対して不信感だらけでした。私には絶対に行きたくない場所になっていました。でも、息子が卒業して一年ほど経ったとき、私はあめあがりの会の本と資料を持って、中学校に足を運んでいました。

先生たちも、きっと大変なのだと思います。ですから、お互いにお互いを批判するのではなく一緒に力を合わせて考えていきたいと伝えました。そして、私のように悩みを抱えている人がいたらあめあがりの会を紹介してほしい、とも。

子どもであっても親の付属物ではなく別人格、親の価値観を押し付けないという当たり前の事を、私たちに気付かせてくれたのは息子でした。親子でぶつかりながら、お互いを傷つけながらでしたが、それも、生きていくにはきっと必要なことだったのだと思います。

あめあがりの会の中で学んだ「私はこう思うよ。でも決めるのはキミだよ」ということも、「子どもには子どもの事情がある」ということも、息子のことがなければ気づけないままだったかもしれません。

そして会を通して出会うことのできた多くの人たちも、私には必要だったのです。そういうたくさんのことが今の私を作り、我が家の親子関係も作ったと思います。いつだったか息子に言われました。「俺が母さんを鍛えたからな」。本当にそのとおり。あの時期があったからこそ、今があるのだと思います。

二十五歳になった息子は四年前に結婚し、今は三人の子育てに一生懸命です。息子夫婦も、私たちと同じようにこれから親として成長していくのでしょう。

元気いっぱいな孫の成長を、私は心いっぱい楽しみながら見守りたいと思います。

私と息子の八年間

浜 笑美子

私には三人の男の子がいます。元気でのびのび育ってほしい、自分の考えをしっかり持って、他人には迷惑をかけない子であればいいと思って子育てをしてきました。私なりに一生懸命やってきたつもりです。

三人のうち真ん中の子は、小さいころから納得しないと従わない、強情で好奇心旺盛な子でした。まずやってみて、からだで覚えていくタイプの子でした。小学生のころは少年野球をしていて、その負けず嫌いの性格がチームの中でよい成果となっていたようでした。

■突然の茶髪にパニックになって

中一の二学期。文化祭の前日でした。突然、担任の先生から夕方電話がありました。体育館へ椅子を運んだとき、遅れてきた男の子がいて、うちの息子は「その子が来るまで待つ」と言ってきかない。先生たちは、時間がないから来たところに入れればいいからと、もめて大変でしたと言われました。それが学校からのはじめての注意の電話でした。

また、野球部に入っていたのですが、「先生がえこひいきをする」と言いだして、先生への不満を言うようになっていました。部活が終わった後、先輩たちと話しているからと言って、帰りが遅くなることが増えていきました。そして、一月に突然眉毛をそって、茶髪にしてしまいました。夜遊びが始まり、たばこも吸うようになりました。毎日、学校から電話がかかるようになり、そのたびに私はヒステリックにどなりちらす毎日でした。

「どうして普通にしていられないの！　トラブルにならないようにじっとしていればいいのよ」「なんで学校でうまく立ちまわれないの！」。電話で先生に責められ、それがいやで、私は子どもに怒ってばかりでした。じっくり子どもの話など聞けませんでした。

そして仕事から帰ってきた夫にも「あなたがしっかり話をしないからこうなるのよ。父親からきちんと話して」と言い争いになったりしました。

■嵐の始まり

二月末、自習中に隣の子とケンカして、先生たちが自分だけを抑えたのが気に入らないと暴れてしまいました。そして、そのとき先生が擦り傷をおい、校長先生から警察に被害届を出したと言われました。しばらく学校には来ないようにと言われました。その時は何日も、何回も、学校に謝罪に通って許してもらい、ようやく登校できるようになりました。

二年生。新学期になってすぐ先輩たちと一緒に他校と集団でケンカをして警察に捕まりました。そしてその翌日から子どもは学校には行かなくなり、家からも出ないで隠れるようになりました。そのとき本人は何も言いませんでしたが、自分ではそんなつもりではないのにどんどん引きずり込まれて怖くなったようでした。従兄には「学校に行くと殺される」と話していたそうです。

夏休みに入り、知り合いの人がやっている建設現場に手伝いに行かせてもらいました。秋になり気が付いたら、我が家がたまり場になっていました。昼間学校に行かない子たちが集まりだして地域の自治会で問題になっていました。自治会の代表が訪ねてきて、近所では噂になっているのだと知りました。息子はだんだん元気になっていき、暮れには、先輩と和解したからと二年の三学期から学校へ行き出しました。

その頃は目が三角になっていて、顔つきも変わり別人のようになっていました。ほとんど私とも会話もない状態でした。息子が学校へ行くと、手があいている先生が二～三人ついて歩くのでした。


二年の三月。卒業式が終わったころでした。保健室に行って他の子と話をしようとしたら、その間に先生が割り込んだのでどかそうとしたそうです。すると、ほかの先生たちに両手をつかまれ、息子は暴れて頭を振りまわして、先生の顔面に当ててしまいました。私はすぐ呼ばれました。

また被害届が出されて、その数日後の朝、警察が自宅にきて、息子は連れていかれました。私は出勤した後のことで、上の子が私に電話をしてきました。どうしたらいいかわかりません。すぐ警察に電話しましたが「来ても会えません。このまま週明けに移します。また、連絡しますから」としか言われませんでした。

私はその前から学校の勧めもあって警察に相談に行っていました。被害届が出された直後、警察に行ってどうしたらいいかと相談しました。そこで警察の方から「お母さん、もう手に負えないと思っていますね。少しお灸をすえていいですか」と言われたのです。私は「はい、お願いします」と答えました。

後で、私がそう答えたから逮捕されて鑑別所に収容されることになったのではないかと思い、悩みました。

■同じような親の声を初めて聞いて

その少し前に、「非行」を考える全国交流集会という集会が、初めて千葉県で開かれるという新聞記事を見ていました。集会が開かれたのは、息子の逮捕の翌日でした。

私は思い切ってその集会に参加しました。そのとき参加された方たちのお話は、私の息子ととてもよく似ていて、全国から集まっているのに思春期の荒れていく子どもたちの様子は地域が違ってもみんな同じようだなと思い驚きました。

この集会は「非行」と向き合う親たちの会（あめあがりの会）が中心になって開催していました。私は「子どもが逮捕されたら」という分科会に出て、少年事件で捕まったら、その後どのようなことになるのか初めてその流れがわかりました。息子は鑑別所から出てこられると思っていたのですが、審判の結果は少年院送致でした。すごくショックでした。

子どもはもっとショックだったと思います。

私は、息子の人生はもうおしまいだという気持ちと、近所に隠さなくてはという気持ちで落ち込みましたが、反面、次から次へと問題がおきる毎日がなくなり、ほっとした気持ちもありました。

少年院から出てくる前にこれからのことを考えておこうと思い、あめあがりの会の例会に参加するようになりました。そこは、他では言えない子どもの話をじっくり聞いてもらって、泣くだけ泣いて、同じように悩んでいる親たちの話もたくさん聞いて、元気をもらえるところでした。

■少年院を出てきたが

少年院の中で、息子はずいぶん落ち着いたと思いました。規則正しい生活をし、顔つきもおだやかで、毎月の手紙でも反省が綴られていて自分を見つめ直しているのが分かりました。私たち夫婦は、月に一回面会に行っていました。面会時のジュースを選ぶのにもどれにしようか悩んだりしていました。

四月末に少年院に入った息子は、中学三年の二月に出てきました。少年院から一緒に帰る途中、洋服を買いたいと言うのでお店に寄りました。荒れていたころとは全然違う普通の服を自分で選んで買ったので、その時、「ああ、本当に変わったんだなあ」と実感したのを覚えています

そのまま学校へあいさつに行き、翌日から登校することにしたのです。ところがなんと、髪の毛を茶髪というか黄色にして登校したのでした。戻るのはあっという間でした。息子がいない間、先輩から引き継いだ仲間たちの手前もあるのか、そうせずには学校に行けなかった事情があったのでしょう。

卒業したら働くということで、鳶の仕事を決めました。卒業式の一週間前に学校から「卒業式への参加は遠慮してほしい」と言われました。私も、まわりの迷惑になってもめるのもいやだったので出なくてもいいかなと思ったのです。

ところが、そのことを卒業後の就職先の鳶の親方に話したところ、どなられました。

「子どもの一生の思い出をなくすのか、高校に行かないのだから最後の卒業式だ、絶対出席させなさい」そう言われて、ハッとしました。

学校と話をし、朝学校で茶髪には黒のスプレーをかける、何かあったら困るので親は父母席の一番前にいてすぐ動けるようにするということを条件に、卒業式に参加することができました。卒業式で息子は、卒業証書を受け取るときに、壇上で担任の先生に大声で「先

生、ありがとう」とお礼を言いました。

地元には代々続く暴走族がありました。息子は、中学卒業後その暴走族に入り、鳶の仕事をしていました。ただ、親子の関係はこのころは会話もできるようになりました。私も、あめあがりの会に通う中で子どもへの接し方や話し方も工夫できるようになりました。

子どもを、ただ変えようとしても無理。親の価値観を押し付けようとしても反発されるばかり。だから、子どもの気持ちは認めるけれど、その上で譲れないことははっきり言うことにしました。「そうか、あなたはこうしたいんだ。あなたの気持ちはわかったよ。でも、お母さんはこう思っているんだよ」。即答できないことは、「ちょっと待って、考える」とか、「明日ね」とか言って、ひそかに言い方を練習したこともありました。

■再び鑑別所へ、そして……

卒業してすぐの七月、バイクの無免許で捕まりました。この時は、家裁へ行って交通保護観察で、講習を受けて終わりました。しかし翌年、暴走行為で逮捕され、二度目の鑑別所行きとなりました。なんで子どもがこうなるのか、私はすっかり自信をなくしていました。そのとき、付添人の弁護士さんが、「息子さんは確実に成長していますよ。大丈夫ですよ」と言ってくれて救われました。その言葉があったから、私は子どもを諦めずにかかわることができました。

この時の審判の結果は試験観察でした。試験観察の調査官は、子どもの話も私の話もじっくり聞いてくれる方でした。でも息子は暴走族をやめていませんでした。試験観察を始めて半年がたったある日のことです。息子が「おふくろ、おれはもう隠しておけない、おれは今まで、やり通したものがない。だから暴走族は最後までやって引退したいんだ。正直に調査官に話しをする。引退まで待ってもらってそれから少年院に行く」と言い出したのです。私は内心、あと少しで試験観察も終わりそうなのに……と思いましたが、「あなたが自分でそう思っているなら自分の思うようにしなさい」と言いました。

息子は調査官に、実は暴走族をやめていないということを話しました。そして、順守事項を守れていないということで少年院送致になりました。今度は別の少年院でした。最初の面会の時、泣いている私に息子はこう言いました。「おれにとって無駄なことなんてないんだから、おふくろが悩むことじゃない」と。私のほうが励まされました。「また捕まったら知らないからな。親子の縁を切るぞ」と言っていた父親が面会に行ったこともなによりうれしかったようでした。

ところがあんなに強がっていた息子ですが、少年院に入ってまもなく拒食症になってしまいました。面会のたびに痩せていって、何も食べられなくなり、八十キロもあった体重が三十七キロまで落ちて、医療少年院に移されてしまいました。あんなにつっぱっていたのに、身体は不安な気持ちに正直に反応したのでしょう。医療少年院に移ってなんとか回復して、再び元の少年院に戻り、退院してきました。

出て来てまもなく、自分から暴走族をやめました。

■息子との八年間を思うとき

息子の場合、最初の些細なことが思春期という時期と重なって、また、周りの環境とも重なって、自分でもどうしたらいいか悩んでいるうちに、どんどん非行の内容が進化していったような気がします。

親や教師たちは一生懸命のつもりでも、子どもの気持ちとはかみ合わずに、かえって悪くしてしまったと思っています。特に、世間はまず見かけでびっくりして、そういう目で見てしまう。子どももそういうキャラクターになりきって、自分の存在をアピールすることしかできなくなっていくのではないでしょうか。そこでしか自分の存在価値を見いだせ

ないのだけど、子どもだって、悪いことだとも思っているからずっとそこにとどまってい
るわけではないのです。きっかけを待っているのだと思います。
捕まるということも、自分のあやまちを一緒に整理してもらい、立ち直るきっかけになっ
ていくのだと思います。すぐに立ち直る子もいますし、何度も繰り返しながら少しずつ何
かを感じていく子もいるんだと思います。
また、子どもが荒れだすと、世間は親を、特に母親を責めます。最初のころは「私なり
に一生懸命子育てしていたのにどうしてなの？」と、思っていました。私自身がだめな親
だと思われるのが一番苦しことでした。その次には子育てに自信がなくなって、落ち込んでいきました。〝私
と思ったりしました。その次には子育てに自信がなくなって、落ち込んでいきました。〝私
の対応が悪かったから少年院まで入れてしまったのではないか〟など後悔はつきません。
でも、私の場合は、あめあがりの会でたくさんの人の話をきくうちに、〝原因探しをし
てもどうしようもない。過ぎたことを変えることもできない。人のせいにしないで、私は
私なりに子どもと向き合えばいいんだ〟と思えるようになりました。そして、夫もいろい
ろ悩んでいるんだなと思えるようになりました。
長い間、どうしても私は、「子どもに悪いことをしてしまっただめな親」という思いがあっ
て苦しかったのですが、経験して学習を重ねて、私はようやく「そうじゃなくて、私はわ

たしなりに精いっぱいやってきた」、「私は私、子どもは子ども、自分の人生だから自分のしてきたことは自分で決めたこと、それでいいんだよ」と私のことも子どものことも認められるようになってきました。

親だから、子どもと離れることなんてことはできません。まわりがうちの子をどう見るか、なんてどうでもいい。私も堂々としていよう、と思えるようになりました。今は、子どもに相談されたことは精いっぱい考えて協力する。でも、私の気持ちもはっきり伝えるようにしています。

不器用で、感受性が強くて、周りの反応に敏感で、とてもやさしい子で……、かわいそうだなと思います。

■成人式を区切りのように

現在、息子は二十三歳になりました。成人式に六万円で袴をレンタルした、と聞いた時はどきっとしましたが、心配するようなことは何も起きませんでした。この成人式が区切りでした。中学からの八年間は本当に嵐の日々でした。

二年前、私が住んでいる神奈川県にある親たちの会（道草の会）の学習会に息子が参加して、当時の様子や気持ちを話してくれました。

「暴走族に入るきっかけは、周りの友達がみんな入ったからあこがれがあって入った。楽しかった。集会で仲間と走って強くなった気がした。いろいろ忘れられた。暴走族をやめたきっかけは仲間が少しずつやめて行っていて、自分が帰ってきたとき、カンパをまわした友人から『お前もやめろ。やめないなら友達としてつきあわない』と言われた。迷惑をかけた友達がそう言ってくれてうれしかった」、などと話していました。

そして、「前はそんなことはできなかったが、今は自分の気持ちを正直に友達に話すようになった。いろいろな人が自分に関わってくれて感謝している。こんな自分を親は見捨てないでくれて、ありがとう」と言ってくれました。


我が家の場合、少年院から帰っても引っ越しもせず同じ環境に戻りました。本人の希望もありましたが、どこへ行っても自分でどうするのかを決めるのだから、家族で住み慣れたところで見守ろうと思ったからです。だから、息子の場合はこんなに時間がかかったのかもしれません。

今は当時のワル集団も、それぞれ落ち着いて生活しています。私は子どもに高校ぐらいは出てほしいと何度も話していました。そのたびに、子どもは「高校行くのがえらいんか？　おれは職人でやっていく」と言いました。その後は何も言いませんでした。そうしたら二十歳を過ぎてから、「やっぱり勉強がしたい」と言い出しました。今、鳶の仕事をしながら通信制の学校に行っています。

■私と同じような人たちに

立ち直りに何が大切なのかと考えたりします。親、少年院の教官、家裁の調査官、付添人の弁護士などが荒れた子の気持ちを解きほぐし、大人に対する信頼を取り戻した時、子どもは変わっていく、成長していくのだと思いました。

子どもに寄り添い見守り続ければ、子どもは必ず成長すると今は信じられます。私たち親も、苦しい時はたくさんありますが、その時間を、親もひとりで悩まないで仲間と一緒にいられるならずっと乗り越えやすくなるのではないかと思うのです。

私と同じように苦しんでいる人たちに、あなたも一緒に、と心から呼びかけたいと思います。

親子の絆――父親として

菊池　明

私の歩んできたこれまでの人生の中には、いくつもの哀しみや苦しみがあり、言いようのない寂しさも与えられてきた。それらの中で、もっとも衝撃が大きく、自分の価値観をくつがえらせたのは、息子の「非行」であった。

私は家庭の事情で小学生から中学生時代には新聞配達をした。そして、昼間は印刷会社や出版社で働いて、夜間高校、夜間大学に通った。こうした生活は、他の友人たちと比べると苦学生であったかもしれないが、その貧しさは自分の気持ちで乗り越えることができることなのであった。けれど、息子が心に背負ったつらさを受け止めることは至極困難であった。

■平凡な家族が……

私には上は女で下は男の二人の子どもがいる。この長男の素行で悩み、「非行」と向き合う親たちの会（あめあがりの会）に出会うことになった。

悩み始めてから年月はいつのまにか流れつづけ、早いもので十三年余りがたった。長男が十六歳のときのこと、それまでの平凡な私たちの家族の生活が、大きな音をたてながら崩れはじめた。

事件が起きたのは、七月の梅雨があけない蒸し暑い日であった。息子は南池袋の路上で、年上の数人のグループに一人で挑んでいったというのだった。その時、警察では「楽しそうに談笑していた若者たちに、嫉妬心から恐喝行為に及んだ」と聞かされた。しかし真実は違っていた。時を経た今になって、客観的にあの事件を把握することができるようになった。

その年の三月に息子は、進級判定会議の結果で高校を中退させられた。社会から取り残されていく焦燥感と劣等感にさいなまれていたに違いない。無力な自分を、周りすべてが否定しているのではないかという意識が、次第に彼の心の中を大きく占めるようになっていったのだろう。

そのような心理状況で一人歩く息子には、その若者たちの視線がさげすみの目で自分を揶揄しているように感じてしまったようだ。そして、前後の見さかいもなく、その若者たちに近づいていった。息子にとっては、彼らが自分をこのようなみじめな状況に追いやった者たちの姿と重なったのかもしれない。それは、在籍していた高等学校の先生たちであり、平身低頭で頭を下げ続ける親であり、自分を脅かし暴力で支配をしていたその高校の先輩たちであった。その時、息子はナイフを携帯していたこともあって、強盗という容疑で逮捕され鑑別所送りになった。

その前日の夜、高校二年に進級できなかった息子は自室に閉じこもっていた。夕食の時間になり妻が何度かドア越しに「食事をとろう」と声かけをしていたが、何の返事もなかった。妻の憔悴しきった表情をみて、私は声をかけながら息子の部屋に足を踏み入れた。部屋の中はいろいろなものが散乱し、息子は敷きっぱなしの布団にもぐりこんでいた。私の入室を認めると、掛け布団を頭まで持ち上げ顔全体を覆うようにした。

私も、「一緒にご飯を食べよう」と声をかけたが、息子はくぐもった声で「俺なんかもうだめなんだ」と応えた。何度か誘ったが、同じ返事の繰り返しであった。私はそれ以上の声かけをやめて、息子の頭をなでながら「大丈夫、やり直しはきくから」と息子に語りかけた。その言葉かけは、おそらく私自身に対する声かけでもあったと思う。

息子は都立高校を退学になったわけだが、学校はまだたくさんあるから大丈夫だと、親である自分を慰撫するものでもあった。結局その夜、息子は食事をとらず、翌日、私たちが仕事に出かけたあとに友人と会い、そのときに口ゲンカをしたのだ。そのイライラをひきずったまま一人で池袋へ歩いて行き、そこで事件を起こした。

前の晩に、私がもっと息子に対して違う声かけをしていたら、その後の息子の展開は違う形になっていたかもしれない。退学になり自分を否定されたと考えている息子の気持ちを、もっと受け入れる立場で向き合っていたら、息子に対する私の視線はもう少し違っていただろうし、違う角度からの言葉かけをしていたのではないかと、悔やんだ。

■音を立てて崩れ始めた家族

審判では保護観察というかたちでおさまったが、家族が崩壊するのは鑑別所から息子が戻って来た時からだった。息子は私たちのあらゆる常識に対して、後ろ足で砂をかけるようにして、急激に変化していった。私はそんな息子を立ち直らせようとしてさまざまなことに身を砕いてきた。けれどもその私の必死の願いも、ことごとくはかない徒労に終わっていった。

自分を否定し、劣等感におちいった息子は、背伸びをしないでいられる仲間を求めた。それは、社会から否定されてきた者が息をつける場所であった。高校中退なんて問題にならなかった。鑑別所や少年院に何度行こうとも、その体験について眉間にしわをよせた表情をする者はいない人間関係だった。反社会的行為についても、理性的に考えることはなくなり、悪い事をしているという感覚が薄れていき、いつの間にか、完全に罪悪感というものが消失していった。

■主のいない二回の誕生会

池袋の事件から六年後のことだ。息子は、「オレオレ詐欺」関連の事件で、本邦最初の逮捕者となった。成人していた息子はマスコミにも取り上げられた。このことは、私たち親や家族だけでなく、親戚関係の人間関係にまで亀裂を生じさせる結果となった。

その前から、私は、それまでの自分の視点を変え、息子のつらい心境を知ろうと努めるようになった。けれど、それは簡単なものではなかった。日々の生活の中での息子の一挙手一投足は私の神経を大きく揺することが多かった。何かと比較して見ている自分を常に意識していた。あることに安堵し、また別なことに落胆をしたりした。

息子の揺れに合わせるようにして自分も揺れている。良い方向に向かわない息子の姿に、「自分が変わっても効果はないではないか」と思わずにはいられなかった。

「親が変われば、子どもも変わる」、そのことに疑いは持たなかったが、「親が変わる」とはどのようなことなのかという模索が、自分の中に芽生えてきた。それまでは、息子の行為を表面的に受け入れていけば子どもとの結びつきが深まり、途絶えていた親子の会話ができるようになるだろうと考えていた。だから、かなり自分を抑制して息子と向き合っていたのだ。それは間違いではなかったと思うが、私にとって無理の連続であった。そのような状況は私に強いストレスをもたらした。これでよいのだろうかと自問する日々が続いていた。

息子は成人になり二十二歳。小康状態であった家族関係の中、この事件で息子は二年半という長きにわたり少年刑務所に身柄を拘束された。このまったく離れればなれの親子関係のなかで、私は、姿が見えないことも親子関係にとってはまた大切なことであるのではないかと思うようになっていった。

一つの屋根の下で暮らすよりも、「適度な距離」の意味を知ったように思う。そのような状況がさせたのか、私は、二十三歳二十四歳の誕生日を刑務所内で迎える息子の気持ちを思った。おそらく誕生日祝いなどということもなかったであろう。その日を過ごした息子の気持ちはいかばかりであっただろうか。私は純粋に息子が不憫に思われ、健康を気遣った。

その二回の誕生日は、妻と二人で主人公のいない誕生会をした。食卓に息子がいるかのようにふるまい、「おめでとう」と言いながら息子のコップにもビールを注いだ。冷たいビールを飲み干した。淡い苦味が口の中に広まったが、うまいということはなかった。無言のままの主のいない誕生会だった。

■自分を支えていくために

二年半の間、毎月一回は妻と私で面会に行った。息子の表情は暗く、重い空気が面会室によどんでいるようであった。面会を終え出ていく私も妻も、息子の心の中に明るさがないことに暗い気持ちを引きずっていた。面会室で息子は着席と同時に足をくみ、少しからだを後ろ側に倒す。その姿勢に息子の気持ちが現れているようであった。

時折、私は、子どもの面会にきている保護者の方たちに、待合室で何気なく自分から声をかけていた。ほとんどの方が一瞬いぶかしげに私をにらみつける。しかし、同じ立場ということからか、お互いの子どもがこのようになってしまったことを話すことができた。さまざまなケースがあったけれど、最後にはいつも「出てきたら子どもを受け入れる親になりましょうね」と語り合いながら終わった。

そのような話の結論は、よくよく考えてみると、どう対応していいのか迷う自分自身への無意識の確認だったのではないかと思うようになった。子どもとの向き合い方を他者に話しかけ、他者から相槌を得ることで、この対応でいいのだと自分に言い聞かせ、そして自分の中に植えつけていく。そういう行為を通して、私はかろうじて自分を支えていたように思う。

■出所後の生活

少年刑務所から息子が出てきてからも、私は落ち着くことはなかった。印刷業を営む私は、納品に息子を連れて行ったことがある。息子は常時、携帯電話を持ち、その電話に着信があると、私の心臓は大きく音を発するように思えるほどであった。逮捕される前から の携帯電話を使用していて、何回か「番号を変えたらどうだ」と私は提案したが、「俺の所在くらい、どこに逃げ隠れしても見つかるんだ。番号を変えたからといって安心できる環境にはならないんだ」と自嘲気味にぽつりと話した。「でも、変えたほうがいいのに」と畳み込む私の意見を、息子は聞いていなかった。

組織から切れなければ、また同じような犯罪に加担することがあるのではないか、と心配だった。息子を説得できない非力な自分を情けなく思った。私の仕事を継がせればいいかもしれないと思ったが、この数年、売り上げは大きく落ち込み、別の事業からの収入でなんとか生活を凌いでいる状態で、息子に託すことはできないことであった。二十年前くらいであったなら、共に仕事をこなすことはできたかもしれないが、現実は厳しい状況である。

少年刑務所を出て、三年近くたった。息子はなかなか定職をもてず、あくせくとしている。社会から甘いと非難されるかもしれないが、経済的援助の手は差し伸べてきた。よく、「底に落ちるまでは手を出してはいけない」と聞いた。話を聞いたときには、「そうなんだ」と理解し実行しようと思うのだが、私は息子を突き放すことはできなかった。

しかしそれは、突き放すと息子の選択がせばまり、やけになってなにか重大なことをするのではないかという恐れを感じるということからではない。息子は、私にとってこの世界でたった二人の子どものうちの一人である。その子を邪険に扱うことはできなかった。「底つき」までという意識は、自分独自の判断でしたくないと思う。どんなに愚かな子どもであっても、制裁は社会的に受けてきている。罪を犯した面については拒否して、その反面の別の息子をいとおしいと思う。親として私にできることは、さまざまな面を兼ね備えた息子を抱きとめることではないかと思った。

■私にとっての親子の「絆」

私にとっての親子の絆とは、一概には言えないが相手を赦《ゆる》すことしかないと思う。息子は、「新宿の歌舞伎町では、自分を見れば頭をさげ、声をかけてくるやつらがいるのだ」と言う。息子はどこかの組に盃をあずけたわけではないが、かなりその境界線に足を踏み込んでいるようである。しかし、もう私には息子に対して説諭する労はとれなくなっている。

息子には、私たち親がどのようなことを息子に願っているかは、さんざん話してきたし十分に理解しているはずである。これからも息子の生き方に苦しみ悩むことがあるかもしれないが、おそらく息子自身も苦しみもがいているにちがいない。

その苦悩から息子自身が自らの意識で這い出すことがなければならないであろう。ぬかるんだ道にたたずんでいる息子に、少し距離をおいて励まし続けることしかできないけれど、この悪路に足をとられ、倒れこみ、泥だらけになっても、その姿を拒絶しない私たち親の存在が、彼に希望を与えるのではないだろうかと思う。

残酷な一面をもっている世間からは、甘い親だと批判されるに違いないが、息子の苦しみと同じように、私たち親も真剣に向き合っている。「絆」をしかと確認するためにも、風評を気にしてはいけないだろう。逃げないで、息子が立ち上がろうともがく姿を、泰然として構えて見守っていなければならないと思う。

二十代後半になっている息子の環境を変えることは、親だけの努力ではできない。この社会構造が、失敗した人々が立ち直れるように手を差し伸べる世の中であったならば、泥のなかでどんなに汚れようとも、汚れの下に隠れている美しさをいつの日か現すことができるのではないだろうかと考えるが、それは理想かもしれない。でもその理想を希求していくのも絆の別の形かもしれない。

私は思う。絆とは、いかに人の持つ欠点を赦せる心を維持できるかではないのか。その赦す意識が紐帯《ちゅうたい》となってくるのではないだろうか。そして、維持する心を支えるのは、家族を含め、私の周りにおられる哀しみに共感してくれる人たちではないだろうか。

息子は言った。「俺にこれから何があっても、父さんや母さんの責任ではない、自分の責任だ」と。そして「父さんや母さんの老後は俺が絶対面倒をみる」と。そのような言葉をかけてくる息子の気持ちを私は嬉しいと思う。もちろん不安なこともあるけれど。

禍福はあざなえる縄のごとしである。人生はそういうものなのかもしれない。

鑑別所で変わると決意した息子へ

とん

我が家の息子が現在に至るまでの経過を書いてみようと思います。まずは、十二歳のときの作文から読んでみてください。

■息子の作文

『ぼくは幼稚園の頃からサッカーを習いはじめて、四年までサッカー団でやっていたが、その時は運動神経が悪くて少し太っていたので、毎日筋トレしたり、マラソンしたりすることにした。五年生になってから自分の学校に少年団ができた。今の少年団をやめて自分の学校の団にはいった。

そこでぼくはキャプテンに選ばれた、キャプテンになってひとつよいことがあった。K団にいたときは試合時もただ立っているだけで責任感もなにもかんじなかった。しかしキャプテンは責任感がないとできない。試合中もみんなをまとめ、自分からプレーしないといけないから大変だ。ここでプレーしているうちに責任感が身についた。そしてぼくは選抜にも選ばれた。

あのままでいたら、自信がなく責任感がなかったと思う。ここの団にはいってキャプテンになって責任感がついたからこそ選ばれることができたんだと思う。ぼくはこれから中学へいっても高校へいっても、サッカーを続けて大人になったら世界でも通用するプレーヤーになって活躍したいと思う。』

この作文が一番輝いていたときの息子だったのかもしれない。

■中学

中学入学。いよいよ待ちに待った中学生活。サッカー部に入り、毎日、汗だくになり帰宅する。なぜか学級委員にもなり、七月からは週四日、塾にも行きだした。「学校が楽しくなった」「勉強がわかりだすとおもしろい」と言い、毎朝の朝練にも行き、充実した毎日になっていく。

サッカー部でも、学年のまとめ役としての代表に決まり、選抜にも選ばれた。スポーツテストでは、学年で唯一のAをもらい、どんどん前へ向き始めている。駅伝の選手候補にも選ばれ、学校での活躍が多くなっている。

その間にも、友達とのケンカがあったりと、学校からの生活指導は入ってきていたが、七ヵ月すぎた十月の終わり頃、突然「サッカー部をやめたい」と言いだした。サッカー部の顧問に相談した。いろいろな方たちにも相談した。結局は、本人の意思を尊重して退部届を出した。ここから息子がどんどん落ちていくとは、私には考えもしなかったことだった。

部活をやめて、十一月、十二月は学校に真面目に通っていた。その間もいろいろ生活指導は受けていたが、本人なりにやっていたつもりのようだ。サッカーの代わりに通いはじめた柔道。一月二十二日には、柔道の公式試合が予定されていた。学校には部がないので校長先生に許可をもらわないといけない。しかし校長先生は許可してくれなかった、素行が悪いからと。

二十二日をすぎた頃、髪を茶色にし、父親が「染め直さないなら出て行け」と叱る。本人の思考回路は、悪いことをしたという反省ではなく「出て行けと言ったから出て行くだけの話」というもの。家を出て行った。

そのあともいろいろありすぎた。家にやっとの思いで帰っても、学校では規則違反は登校できないことになっている。ルールはルール、今考えると仕方ないとも思う。中学二年になり、ジェットコースターのような生活を繰り返していた我が家。夏休みは塾にも行き、がんばる気持ちも出てくるがいつの間にかまた後退していく、そんな繰り返しだった。


息子が非行に走るようになって、どこに相談してもおきまりの言葉しか返ってこない日々が続く。「お母さんがしっかりしなくては」「叱ってるんですか?」「ここで止めないと取り返しがつかないよ」……。

適応教室に登校させてくれるよう頼んだが断られた。「ここは心の病を持った子どもたちが来る場所です。息子さんのような子どもとはカリキュラムが違いますし」。どこに行っても答えは出ない。そうしているうちに、息子は、学校にまったく行かなくなった。

そんなある日、「非行」という文字でパソコンで検索すると、ひとつのサイトにめぐり会えた。「あめあがりの会」。「やまない雨はない、必ず雨はあがる」そんな言葉に励まされ、受容ということを教えられ、いろいろな方からのアドバイスを受け、私自身が大きくなれた。そんなこんなをしているところ、忘れもしない十月三十一日月曜……、朝早く警察からの電話が鳴る。

その日から息子は家にいなくなった。少年鑑別所送致となった。

■息子への手紙

『元気で過ごしていますか？　笑顔は出るようになりましたか？

月曜に刑事さんが迎えに来たときに、「何時頃帰れるかなー」「サンダルでいいや」と警察に向かったあなたの後ろ姿を見て、もしかしたら帰ってこないんじゃないかと、とても心配でした。自分でも少しわかっていたかな？

去年の秋からいろいろありすぎて、そのあいだも、やる気になったり、やめたりのジェットコースターみたいな生活だったこと、覚えてるよね。誰よりも優しさを持ち、誰よりもいろいろな能力を持ち合わせているそんなあなたが、こんなにいろいろ重ねてしまったこと、残念に思うよ。

いままでは、学校からの拒否で登校できなかった日々もあったけど、二年になってだらだら行ったり行かなかったり遅刻したりの毎日だったよね。

九月五日からいっさい学校にも行かず、毎日が過ぎていったよね。大切な時間がどんどん過ぎていった。早く自分のやりたいこと、道を見つけてほしいと願うお母さんの気持ちはちゃんと通じていたはずなのに。

お母さんは世間の人がどう思おうと、あなたたちを自慢の子だと思ってきた。いつもいろんなことを話してきたよね。前の校長先生との話し合いのときも、お父さんもお母さんも謝りながらもあなたのことを思い、家族としての意見は、はっきり言ってきたよね。近所のおばさんでも先生でも誰でも責任はとってくれない。育てていくのはうちだから。

だけどそうやってきてこういう結果になってしまったこと、とても残念に思っている。そんなお母さんやお父さんの思いは伝わってなかったんだと反省しています。お母さんの育て方がいけなかったのかなと、今、振り返っているところだよ。人生は誰のものでもない、自分のものだから……。裁判官やお母さんお父さんに約束するのでなく自分に約束してほしい。社会の常識について、いまそこで一人になって、ゆっくり自分と向かい合って考えてきてほしい。自分の行動を自分で責任とれる判断できる大人になってほしい。

そこは、もしかしたら自分を見つめ直すために必要な場所だったのかもしれないと、前向きに考えていこう。当り前のことをしっかり身につけていこう。

ヤンキー先生の義家先生が言ってた。「夢は逃げていかない」って。自分が遠ざけてしまっているということだね。何回もチャンスがあったよね。いつか気付いてくれるだろう……それだけは信じていたんだ。誰になんと言われようと信じてきた。

あなたも兄ちゃんもお父さんとお母さんの大事な息子、いつまでも家族だから。これからもずーっと家族だから。帰る家がある。だけど自分を見つめ直して、幸せに生きるための覚悟を持って、これからはいろいろ考えて生活しないとね。お母さんもみんなも考えるけど、自分としてどうしたらいいか考えてください。いつまでも待ってるよ。』

■面会

一人では足がすくみ、長男と一緒に面会に行った。受付で面会の用紙に記入する。そのまま奥へ行き、用紙を入れ、待っていると呼ばれた。中に入ると、すでに息子は座っていた。泣いている。鑑別所のジャージを着て泣いている。

いままでの思いをたて続けにしゃべり出す息子。こんなに自分の思いを言えたのかと思うくらいに、しゃべり始めた。私たちの言葉は頭に入らないようだ。こちらの問いの答えは得られない。

あの涙は本当かどうか、二人の私がいる。「あの子は頭がいい、ここでこういう態度をすれば軽くなるという情報を、たぶん友達から得ているだろう」と一人の私が言う。もう一人は、「信じてあげなさい。それしかないはずだ」と。

「面会は来てくれないと思った」「手紙を出しても返事は来ないと思い、出さなかった」「誰とも話せないから、面会には来てほしい」「はやく帰って、家でたくさんしゃべりたい」「お父さんに謝りたい」「少年院は行きたくない」と泣きながらしゃべっている。手錠をかけられ縄でしばられて逮捕されたということや、チックが出始めたので薬を飲んでいるということ、いろいろ話した。

まだまだ面会しながら息子の状態を観察しようと思う。私が一番わかっているはずだ、息子が演技しているのか事実なのか。

■鑑別所の息子からの手紙

『火曜に会ったばかりだけど、お元気ですか。おれは火曜日に家族がきてくれて今すごく心が安定しています。

面会の前は、もう八日たっているのに来てくれないのかなと……すごく不安な気持ちで生活してました。だけどそんな時に家族が来てくれて、本当に心から安心しました。「待ってるよ」の一言が、自分にとってどれほど幸せなことか深く実感しました。

自分のような親不孝者をあんなに優しくなぐさめてくれて、本当に「この家族に生まれてよかった」と強く感じました。やっぱり家族がいない生活はさびしくて「なんでこんなあやまちをしてしまったんだろう」と、毎日後悔しています。そして鑑別にはいる前に気付けなかった自分が情けなくて仕方ありません。いままで家族には本当にお世話になり、すごくめいわくや心配をかけてしまいました。

そして今回もまたこういう形でめいわくをかけてしまい、本当に悪いことをしてしまいました。ごめんなさい。

ここにきて、やっぱり居場所は家族の所なんだということを深く実感しました。自分は家族がいないと生きていけません。それもお母さんとお父さんとお兄ちゃんじゃないとダメなんです。だからこれからも本当によろしくお願いします。

あと、手紙読みました。手紙を読んで本当に心配してくれているんだなと深く感じました。涙でいっぱいでした。この手紙を毎日読んで、安心感を得ています。だけどひとつだけわかってほしいことがあります。それはお母さんの育て方が悪かったということは一切ない、それだけはわかってください。

自分が悪い友達や先輩と遊んで、悪い方向へ流されていって今回のような事件に結びついてしまったのだから。だから育て方が悪かったなんて思わないでください。

面会に来てくれてありがとう。おれは家族が大好きです。じゃあ返事まってます。そしたらまたすぐ書きます。』

■母から息子へ二通目の手紙

『手紙読んだよ。あなたは、弱い部分を絶対見せない。友達にもお父さんお母さんにも弱いところは見せなかったね。涙なんて見せたことがなかった。お父さんにはごめんなさいなんて言ったことがなかった。どうして友達とケンカになるのか、こういう気持ちだからこうだ、なんて言ったことなかったよね。

それは全部、自分がなめられないように、自分を守るために、そして自分が生きていくにはそれしかできなかったんだなーと……。

もっと心が楽に生きること、もっと心が楽に生活することはできたはず。だけどそれをしなかったのは自分を守るためだったんだよね。そうしないと居場所がなくなる恐怖や、いろいろなものがまざりあって自分でもそうしないといられなくなっていた。

十四年間がんばってきたね。だけど自分の価値は自分で決めればいいこと。誰がなんと言おうと誰になんと思われようと、自分は自分。どう思われてるかなんて関係ないんだよ。生きているのは自分だし、他人が自分の生活を見てくれるわけじゃないんだ。もう少し心が楽になれる生き方ができたら、きっといままでのような問題は起きなかったはずだなー、と思うと、つらい十四年間だったんじゃないかなと思うよ。

自分に本当の意味で自信ができてくると、人の目なんて気にならなくなる。自分の位置なんて気にならなくなる。自分が価値を知っているのだから、それでいい、と思えるようになる。もっともっと心が楽になる生き方があるはずだよ。虚勢をはって生きていくには、人生長すぎるよ。

人生は無駄なことはないはず。必ず自分のためにいまの人生があるはず。だからこれから先のことなど心配しないで、なにが起きても必ずためになる道を選んでくれるはずだから、なにが起きても自分をしっかり持って生活していってください。おまえを守ってくれるみんながいるはず。導いてくれるみんながいるはず。それを信じて自分を大事にしていってくださいね。また手紙書きます。』

■息子からの二通目の手紙

『手紙読みました。何回も読み返しました。お母さんに言われたとおりに自分の道をしっかり一歩ずつ一歩ずつ歩んでいこう、そう決めました。

お母さんに、今までチックのことやサッカーのこと、柔道のことで、本当にいろいろしてもらったこと、思い出すと涙が止まらないよ。

お母さんが笑って言ってたよね、「こんなにしてくれる親、いねーよ」って……。本当にそのとおりだった。こんなに心配してくれる親はどこを探してもいない。ただでさえすごい心配かけているのに、こんなことをしてしまって本当になさけないばかりです。申し訳ない気持ちでいっぱいです。

これからの生活をしっかりして、周りの人たちのことも考えて行動しようと思う。そして周りの人や家族から信頼されるようなりっぱな人間になってやる。そう思っています。お母さんが言ってたように、自分と約束する。ぜったいにうらぎったりしないよ。だからこんな自分をこれからもよろしくお願いします。

世界に一人だけのお母さんお兄ちゃんお父さん。ほんとうにいい家庭に生まれたんだ、自分は。心からそう思います。だからこれからの自分を見ていてください。自分の力でどこまで変われるかを……。

今思うと、自分の一番の支えはお母さんでした。そんなお母さんを、もう悲しませるようなことはしない。そう決めました。家族というものの大切さをあらためて深く実感しました。

面会待ってます。お母さんお父さんお兄ちゃん、体には気をつけてね。仕事がんばってね。』

■母からの三通目の息子への手紙

『笑顔が出ましたか。土曜の仕事が終わってポストを見たら、返事が来てました。みんなで読んだよ。お兄ちゃんなんか、涙出そうだと言ってたよ。お父さんも読んでたよ。あなたの気持ちが素直に書けてて母さんも涙が出たよ。

この家族でよかった……って書いてくれてありがとうね。そしてお父さん兄ちゃんお母さんでないとだめだ、って書いてくれてありがとうね。お母さんの育て方が悪いんじゃないって書いてくれてありがと。うれしかったよ。

家族って何だろうね。自分でがんばる気持ちが出るように、大人になるまで助けてあげられるのが家族なんだよね、多分。

忙しいみんなだけど、一人ひとり思いやりをもって支えていこう。

母さん』

■息子からの鑑別所の最後の手紙

『手紙読みました。ありがとう。

自分のために涙を流してくれる人がいるということがどれほど幸せか、実感しました。ここに来て、初めて自分の気持ちを家族に伝えられて本当によかったと思う。

鑑別に入るということはけっしていいことじゃないけど、いろいろ経験したりいろいろ学んだりできて、自分にとっては来て損はない場所なんだと思う。逆に大きなものを得ることができる場所なんだと思う。

だってここに来て初めて自分は変わろうと思えたのだから。

自分を変えるというのはすごくむずかしいこと、だけどその気になって努力をしてみようと思う。自分がどこまでよい方向に歩んでいけるかを試そうと思う。

だからそんな自分を見ていてください。ぜったいにやりとげてみせる。心の中でそう誓ったんだから……。だから残りの生活もしっかりとけじめをつけてがんばっていこうと思います。自分がどこまでできるか期待しててください。

面会、忙しいのに来てくれてありがとう。来れるときでいいから顔を見せに来てください。』

■家裁の審判

十一月の終りに審判があった。主人と私とで出向く。時間になり部屋に通される。すでに息子は座っていた。逮捕当日に着ていた黒のスウェットのままだった。

どれだけ時間が過ぎただろうか、息子の事件すべてを裁判官が読み上げた。悲しかった。こんなことまでしていたのか……と。そのあと息子のいろいろな考えや意見が述べられる。親にも求められた。

審判の結果。保護観察……自宅に戻れる。

審判には学校からは誰一人来なかった。義務教育中の子の審判には学校側の熱いメッセージを裁判長に言ってもらうこともあるというが……、学校としては、熱いものがなかったのだろうか。残念でならない。

息子は、審判の前日は一睡もできなかったようだ。家裁に行く途中には何回もトイレに行きたくなったと言っていた。

本人は少年院送致が確実だと思っていたようで、前日から少年院での初日をシュミレーションしていたらしい。学校側は受け入れる体制にはしてくれているが、言葉の端はしに見え隠れするものがある。

「どうなんでしょうかねー」「ヨットスクールに入れるというのはどうなったんですかねー」「遅刻して来ましたよ。出て数日でこれですよ」……学校は待ってはくれないようだ。一八〇度すぐ変われる子がいたら見てみたいものだと思ってしまう。

息子の今の夢は、ブレイクダンスのダンサーのようだ。「学校に行く」という常識を、親のほうで捨てられるのであれば、少し親子で楽になれるのかもしれないと今思う。

これからの課題は自分自身で乗り切ってくれることだけだ。「信じて待つ」、私にはこれしかできない。

■その後

その後、息子は長い物語が書けそうなほどいろいろなことがあったが、良い人たちに恵まれ、自立することができた。現在、息子は結婚し三児の父親である。

私は息子との生活を過ごしてきた時間・体験が私の再スタートのきっかけにもなった。青少年自立支援をサポートしようと夢み、今、社会福祉の道を歩きだし、大学に通っている私がここにいる。

人生には、すべて無駄はない！

親も子も、必ず、雨はあがる。

理想を押し付けないように

平井路子

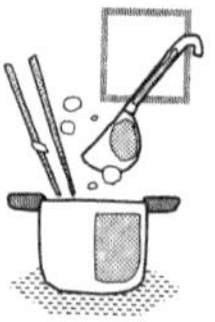

■娘の変化

中一の終わり、娘が登校していないと学校から連絡がありました。部活の先輩がキャプテンを引き受けるのは重荷だということで学校へ行かず、娘と一緒に家にいたらしいのです。本当に驚きました。私は勤務先を早退し学校に行くと、先生方が捜し出してくれました。

その後は、学校に行かないことが増え、登校しても服装が乱れているからと学校に入れてもらえませんでした。髪は染める、手や足や上靴にマジックで落書きする、テストは全教科白紙で出すという状態。

担任の先生には「自分が長年受け持った生徒の中で、全教科白紙のテストを出す子は初めてだ。普通はなかなかそこまでできない」「先輩の家に寄って学校をさぼろうとした、最初にバーンと叩いて、〝何しょんやー！〟と怒鳴っておいた子は立ち直るけど」というようなことを言われました。

私は心の中で「でも、今さらそんなことを言われても」と思ったり、「何か娘にも理由があるから、それを聞かずに叩くのはどうだろうか」と思っていましたが、家でも父から、「親が言うて聞かさんから、あかんのや」「言うたとしても、結果として学校に行かへんということは、言うたことにならへん！」と言われ、私も娘に対して、先生や父と一緒になって学校へ行くように怒鳴ったり、蹴ったりしていました。

そんな中でも、娘は部活の先生の言葉は聞いたので、何とか部活に在籍することができました。私の友人の娘さんと仲良くなって泊めてもらい、髪を染めてもらって、お弁当も持たせてもらって通学した期間もありました。でも、そんな大好きな人たちに囲まれていても、娘にとってはつらかったそうです。その暖かさは自分の家族の暖かさではないからだったと思います。

その後、高校に進学しましたが、制服のまま駅のホームでタバコを吸って謹慎を受け、その謹慎が解けるころに、学校にタバコを持っていって退学になりました。タバコの箱は空でしたが。

■娘を遠く感じる日々

学校をやめてからすぐに家出しました。二ヵ月後に帰ってきた時には、足には虫刺されの跡が、痛々しいほどたくさんありました。この頃、青少年育成センターのパトロールの方からたびたび電話をもらいました。「駅で未成年の娘さんがタバコを吸っていたのを注意しましたので、家庭でも指導してください」とのことでした。

生活態度は良くなるどころか、家にいても勝手な時間に食べるか、寝るか、携帯電話をさわっているかで、朝帰り、外泊と心配が増えるばかりでした。私は、携帯を調べて気がかりな番号や、アドレスをひかえたり、誰とどこにいて何をしていたのかを問い詰めたりしました。

一緒に住んでいても娘を遠く感じて、それはまるで全身を薄くてもろいカッターの刃のようなもので覆っているようでした。さわると薄いカッターの刃はバラバラと折れて私も傷つく……。どうしていいのか分からず、タバコのことで電話をもらった青少年育成センターに相談しました。警察とも連携しているところのようでした。

「お母さん、ここに連絡されたのは正解ですよ。絶対、子育てに失敗したと思わないでください」と言ってくださり、ほんの少し明かりがみえました。

非行は、よく坂道を転げ落ちるようだと表現されますが、娘の場合はそれがより早く、驚きの連続でした。センターの方には、娘さんがおとなしくしている間に勉強しましょう、知っていたほうがいいですからと言われ、その帰りに本屋さんで本を数冊買いました。そのうちの一冊に「非行」と向き合う親たちの会（あめあがりの会）の連絡先があり、すぐに電話をして話を聞いてもらいました。

不登校、深夜徘徊、タバコ、夜のアルバイト……、自分にも周りにもなかった出来事が、娘に起こっていることが信じられませんでした。考えようにも、次々と起こる出来事に振り回されている毎日でした。娘の携帯がつながらないと、暴力団などに拉致されたり、もしかしたら殺されているかもしれないとまで思い、不安でいっぱいでした。

やっとメールが来て「ごめんね、お母さん」という言葉を見つけると、やっぱり今まで通りの私の子どもだと喜びました。

■シンナーから粉のクスリへ

ある日、朝四時過ぎに帰宅した娘がマスクをしていました。近づくとシンナーらしき臭いがします。ビックリし、なかなか会えない仲良しの友達に今なら会える、とうそを言って警察に連れて行きました。ところが、娘は眠い眠いと言って取り調べもできないので、警察官から連れて帰るように言われ、帰宅しました。私は、夜中に娘を探して連れて帰っていたら、こんなことにはならなかったのに、と後悔しました。

その後一ヵ月ほどして、またシンナーの臭いです。ビニール袋と、シンナーの入ったペットボトルもありました。警察を呼びましたが、警察官の前でシンナーを吸って、屋根に上り、タバコに火を点けようとして、止められました。

警察に行っても「早よ仕事に行かな、遅刻したら罰金をとられるから、タクシーを呼んでー」と大きな声で言う娘でした。警察に行く前に、私に対して、「お前らがおるからしんどい。消えて、消えて。お前らが消えへんのやったら、自分が消える！」と叫んでいました。いったんは家に帰りましたが、またすぐに家をとび出しました。捜してはとび出し、の繰り返しでした。

その後、「ごめんな。カンベ（鑑別所）に入りたない。捜索願を出さんといて。家に居ることにして。店はやめた」と言ったり、「カンベにおとなしく入ろかな」と揺れ動いていました。シンナーの事件は、審判不開始になりました。でも、その後一ヵ月もしないうちに、またシンナーを見つけ届けましたが、不処分に。

そんな中、忘れられない出来事がありました。

「お母さん一万円貸して。あと十分で来れるやろ」という電話でした。今までお金を貸してと言ったこともないし、「あと十分で」という期限が気になり、すぐ出かけました。会うと、血が出ている唇に、ずっとさわっていて、「早よ貸して。プライドがあるのに。早よせんと、ここらへんを歩けんようになる。誰かが見てる。話し声が聞こえる。盗聴されてる」と繰り返します。とにかく車に乗せて帰りました。

おかしいと思い、翌日、寝ている娘が抱えているバッグを見ると、注射器と粉の入っていた袋を見つけました。

問い詰めると娘は、「眠れる薬を注射していた、持っていたら落ち着く」と言います。その娘の言葉を信じて、一度は警察の前まで行きましたが、引き返しました。でも、この頃、必死で探した夜回り先生の水谷修さんにメールをしたところ、「そんな使い方は絶対にしない。住所を教えてくれたら、僕が警察に通報するから」と、強い調子で何度も声をかけてくださったので、私が通報しました。

迷って迷っての通報でした。朝の四時くらいでした。警察が来て目をあけた娘は、覚めた目で私に、「自分では何もできひんで、また他人《ひと》の力で。あんた誰？　顔も見たくない。死ね」と言いました。

■少年院へ

娘は留置所、鑑別所、少年院へ行きました。下の子は、姉が警察に連れて行かれてから学校を休みました。すごい衝撃だったと思います。私には下の子を思いやる余裕がありませんでした。大きな悲しみやつらい気持ちを、友達にも誰にも相談できない。本当につらいと思います。でも、上の子のことを相談していた養護の先生のおかげで、まずは保健室登校を始め、徐々にならしてもらって、教室に戻ることができました。

娘への面会は、できる限り行きました。鑑別所では、わずかな時間しか話せないからなごやかにと思っていましたが、娘の長い人生を考えると、たとえどんな状況でもきちんと自分自身に向き合ってほしいという思いを、そこでぶつけました。娘は自分に不利になることを何か隠していると感じていたので、私はそのことを言いました。すると、やはりケンカになり、面会も投げ出して泣きながら家に帰りました。

しかし、そんな中でも、娘の顔色はどんどん良くなっていきます。元気そうなので、ホッとしていました。

審判で少年院送致が決まった時、娘の背中が丸まっていました。それから鑑別所に面会に行ったのですが、娘はもう遠くの女子少年院へ出発したあとでした。三月の終わりで、コブクロの「桜の花びら散るたびに……」の歌が私の頭の中に流れてきて、泣きながら帰りました。この歌は、中学の卒業式の時にお世話になった先生方が、娘たち卒業生に贈ってくれた歌なのです。

娘とは遠く離れてしまう上に、会える回数もわずかです。何かの本に、少年院に入る子は、非行に走った子の中でも、数は少なくエリートです、と書いてありました。私は「嬉しくも何でもないわ」と思いました。

■喜びと不安と

この頃、私は仕事が変わり責任者になりました。娘が少年院に送致されて四日後に、仕事がオープンなのです。それでも保護者会には行きたくて、オープン間もない店の一日を人に任さなければなりません。理由も言えず、叱られるままでした。

近所の人には、覚られないように、触れられないように、ただただ「普通」を装っていました。家庭では、下の子が不安がらないようにとばかり考えていました。

あめあがりの会には時々相談していて、審判の前から「面会に行こうか」などと言ってくださいました。娘のことを話すことができたのは、この時くらいでした。

少年院に入ってから初めて会った娘は、髪を黒くして、きっちり三つ編みに髪を編んで、黄色のゴムでとめていました。今でも黄色のゴムを見ると娘と少年院の思い出を話します。

面会では、娘はずーっと泣いていました。「みんなもっと早く家の人が来てくれるのに、何で来てくれへんかったん？」と言い、「ごめんな」と言うことしかできませでした。同じ部屋の子が、面会で名前を呼ばれるのに、自分は呼ばれずに何日も過ごすのは本当につらく悲しかったと思います。

少年院に入っても、反抗的だからと一人部屋に入れられ反省させられたと、よく言っていました。少年院のH先生に心をひらくまで三ヵ月かかりました。炎天下でふらふらになるまで畑作業をしたり、野菜がおいしいから太ってしまう、でも甘いものは食べたい、などとも言っていました。

少年院の生活で楽しみを見つけられるようになった頃には、帰住地を決めなければなりません。少年院の中では守られているけど、帰ってきたらやっぱり薬物に関わる人に出会うのではないか、その時、娘は大丈夫なのかと不安にもなってきました。

退院日を知ると、嬉しさがこみ上げました。退院の時、宣誓の言葉通りに社会に出ても大丈夫だろうかと、やはり不安でした。家に帰る途中でコンビニに寄りました。あめあがりの会で知り合った方から聞いた子どもさんの姿と全く同じでした。大好きなものをいっぱい食べさせてやりたい、甘いものもいっぱい食べさせてやりたい、一緒に食べたい、そんな思いでした。

保護観察所に寄って、やっと家に帰りました。捕まるまでは高いヒールのある靴を履くので膝が曲げられず、窮屈そうにお尻を出してカタカタ歩いていた娘が、大きく手を振ってかかとから地面を踏んで歩く姿に笑ってしまいました。

■社会の壁はなかなか厳しくて

家に帰ってからの娘は、時間をどう過ごすのかに戸惑っていました。何も決まったことがないのでモヤモヤするようで、「何してええのか言うて」とよく言っていました。

仕事に就いても、全力でやり過ぎて体力がもたず辞めたり、年齢相応の言葉の意味が分からなかったりして、落ち着くところは、ガールズバー、スナックでした。しばらく送迎しましたが、朝方まで連絡がなく、心配して直接店まで見に行ったこともあります。傍らで見ていると、何とか前に進もうとしていることが、よくわかるのです。

コンビニで働いた時は、ストローを付け忘れるし、急いでいても走らない、覚えが悪い、「ここにおられたら迷惑やから、早よ帰って」と急に辞めさせられました。私は、辞めさせられ方に腹が立って、辞めさせるには一ヵ月前から通告することが必要ですよ、など文句を言おうと思いましたが、履歴書に娘がウソを書いていたので、言えませんでした。

地道に昼間の仕事をしようとするけれど、学歴も一般常識もない娘に、社会は厳しいものでした。娘は心療内科に通っていた時には、感情のコントロールがしにくく、抗うつ剤や、眠れる薬などを六剤も処方されていました。すべて飲んでいては日常生活が送れません。娘は「自分はうつ病なのか」と心配したこともありました。でも、娘は前に向かって歩いています。

その後、交際していた彼に別れようと言われた時は、腕をひどく切り、血だらけになりました。痛さなど感じていない表情でした。

■大人に向かって進んでいる

別れのつらさから何とかふっきれて、また水商売をしていた娘でしたが、以前からの知り合いの彼と同棲を始めました。そして間もなく妊娠、結婚と、そのめまぐるしい変化に、私はとてもついていけませんが、娘はもうすぐ母になります。結婚式での私は、感激で泣きくずれるようなことはありませんでした。まだまだこれから何があるのか分からないと思うからです。

娘が少年院に入っている時に、現在の娘を見たら羨ましくて仕方がなかったでしょう。でも、どこから「落ち着いた」のか、いつまで「落ち着いている」のかわかりません。

娘が彼とケンカして、相手と連絡がとれずにとり乱して私に電話してきた時に、私が「連絡が取れない不安な気持ちはよーくわかる」と言うと、「そうやな、自分がしたことが返ってきたんやな」とびっくりするほど落ち着きをとり戻し、私の話を聞いていました。

いつの間にか大人に向かって、母親に向かって進んでいるんだ、と思いました。これからも娘の話を聞き続けていきたいです。私の理想を押しつけることのないように。私はその中で何ができるのかを考えながら、一緒に歩いていくつもりです。

たくさんの人の力を借りて

あかり

■何も分からない

息子は、中学一年の夏休み明けから、先輩たちとの付き合いが深まり、授業を抜け出したり、先生への暴言などの問題行動が多くなりました。学校からは、頻繁に電話が来るようになり、何度も学校に呼ばれました。その度に、学校と同じ事を息子に言っていました。子どもを元に戻そうと必死で、児童相談所、少年センターなど、夫と二人でいろいろな所に相談に行きました。親子の会話はなくなり、友達・先輩が第一、目付きも鋭く険しい表情を見せる我が子の姿を見ると不安は増すばかりで、親としての自信をなくしてどうすればいいのか全く分からない状況でした。

そんな時、「非行」と向き合う親たちの会（あめあがりの会）を知りました。毎月の例会では、学校や教師の子どもへの対応のことや、事件の際の警察の対応、保護司さん、弁護士さんのことなどもたくさん聞きました。

学習講座では思春期の子どもの心や身体、少年事件の流れについても学びました。あめあがりの会を通して、事件が起きた時などに個別相談を行っているNPO非行克服支援センターの活動を知りました。少年事件の付添人活動もしていて、たくさんの実績も見聞きしました。

（※二〇一四年六月から、少年事件に対して、国費による弁護士の国選付添人の対象事件が拡大され、非行克服支援センターの付添人活動は少なくなっています。）

■初めての逮捕、警察の取調べ

その息子が中学二年、十四歳の時、バイクの窃盗で逮捕されました。

三時頃、共犯の三年生のAさんの家にいる時に警察の人が来て、三人の子どもたちを別々にして話を聞き、夕方五時になって、「警察で書類にサインしてもらいすぐに帰します」と言って子どもたちを連れて行きました。

夜八時過ぎ、「子どもたちが警察に連れて行かれたまま、まだ、警察から何の連絡もないの」というAさんの電話で、私は初めて、息子が警察に連れて行かれた事を知りました。私は急いで、すでに相談に乗ってもらっていたNPO法人非行克服支援センターの理事長（当時）能重真作さんに連絡しました。能重さんは、すぐ警察に電話して、「少年の任意の取り調べで、保護者に知らせず、こんな時間までやるのは少年警察活動規則に違反する。すぐに帰すように」と話してくれました。

それから、急いで三家族で警察署に向かいました。生活安全課長に、「子どもが警察に連行されて、親に連絡がないのはどうしてですか？」と尋ねました。「誰かが、連絡をしていると思っていた」と言った言葉にはあきれました。私たちは少年警察活動規則の抜粋を見せて、「取調べに同席させてほしい」とお願いしましたが、「子どもが本当のことをしゃべらなくなるので保護者の立ち会いはさせていない」と言われました。

あめあがりの会で、規則を無視した警察の取調べの体験についていろいろな親の方々から聞いていましたが、身をもって体験しました。他の二人はすぐに帰されましたが、息子は事実を認めたため緊急逮捕になり、現場検証が済んでから、冷えたお弁当をわたされたのは午後十時頃だったと聞きました。

表現力に乏しい未熟な子どもたちに、このような取調べをすることに憤りを感じました。少年法の中には触法少年に対する警察の調査権の拡大がありますが、もっと幼い子どもたちも、息子たちと同じような取調べを受ける可能性があると思うと本当に心配になります。

■付添人は二人体制で

中三の三学期、同級生は受験に向けての毎日の中、息子は大工の親方を自分で探し、就労体験ということで一月末から卒業まで働きました。中学校卒業後は、大工見習いとして朝五時に起き、六時半には親方と一緒に現場へ行く毎日でした。無断で休むこともなく、よく辛抱しているなあと思っていました。

そんな四月半ばの早朝四時過ぎ、二人の刑事が家に来て任意の出頭を求められました。睡眠時間を充分取らずに調べが始まるのかと思い、「せめて六時頃にしてほしい。親が責任を持って後で連れて行きます」とお願いしましたが、すぐに支度をするように言われました。数人が関わっている事件なので、親の立ち会いも無理だと断られました。

私たちの車に乗せて連れて行くことも許されず、その時点から別々にされ、息子に何の言葉も掛けられませんでした。午前十時半、取調べの刑事から「私選弁護人か国選弁護人を依頼した方が良い」と言われ、逮捕が告げられました。私たちは県の弁護士会に電話をして当番弁護士をお願いしました。その時は、なぜ国選弁護人ということが出てきたのか分かりませんでした。

弁護士さんから夜の十一時前、息子に「会って来た」と報告を受けた時には、本当にありがたく思いました。弁護士さんは「事件は暴行事件でした。子どもの要請があれば引き続き国選弁護人として関わる」と言われました。私は「これまで息子のことでお世話になっている非行克服支援センターの人と一緒に子どもに関わってほしいのですが」とお話ししましたが、この時は、「素人の人との協同作業は……」と躊躇されました。

翌日、弁護士さんに会い、これまでの息子の事を話し、「非行克服支援センターの付添人は審判後も子どもにかかわり、立ち直りのお世話をしてくれています。子どもとの信頼関係もあるのでぜひとも一緒に力を貸してください」とお願いしました。

弁護士さんはすでに、非行克服支援センターのホームページを見て認識を新たにされていて、「ぜひ、一緒に付添人をやらせてほしい」と言ってくださいました。勾留期間中には、何度も息子と会って、子どもの気持ちや態度を伝えてくださいました。

示談交渉や事件性に関しては弁護士さんが、要保護性に関しては非行克服支援センターの付添人が、それぞれに専門性を生かして関わってくれました。鑑別所に移されてからは、付添人同士の話し合いも持っていただき、二人で連絡を取り合いながら、力を貸してくださいました。

暴走族がらみで一人の子に九人の子が暴行を加え、バイクや携帯を盗った事件でしたが、息子は暴走族のメンバーではなく、先輩たちの指示に従い事件のきっかけは作ったものの、暴行には加わってはいませんでした。

■少年院での生活で

幸いにも相手の方の命に別条がなかったことだけが救いでした。審判廷で「少年院送致」と言われた時には、頭の中では覚悟はしていたものの、息子も、私たちも承服しがたい思いで一杯でした。

何とか気持ちに折り合いをつけても、『少年院まで行かせてしまった』という思いは、長い間、私の中でくすぶっていました。あめあがりの会の例会で、同じ経験のあるお母さんが、「うちの子は、今、思うと少年院に行ってよかったと思えるよ。厳しい時があったから今がある。無駄なことなんてないのよ」と話してくれました。

主人は、地元が余りにも荒れているので、年少の息子たちをその環境から離すためにも、少年院という選択をしたんだと、事あるごとに言っておりました。十六歳の誕生日も、クリスマスもお正月も、一人で少年院で迎えました。

片道一時間半をかけて自分で車を運転して行く、月にたった一度の面会は、待ち遠しい大切な一日となり、面会の終わりに差し出す手を握り返してくれる息子がとても愛おしくなりました。〝前略〟で始まり、結びの〝敬具〟で終わる手紙も漢字がたくさん使われており、課題をこなすのに必死の中、一生懸命ペンを走らせたことが見て取れました。普段はとても使わない言い回しの文面もぎこちなくて、息子の手紙には思えないのですが、私たちの大切な宝物になりました。

今までゆっくりと考える時間さえなかった息子が、一人になって、今までのことを振り返り、少しずつ冷静になれたのは、少年院での生活があったからこそです。自分でも、「漢字をこんなに覚えられるなんてびっくりした」と、言っていました。

「子どもたちが一生懸命訓練され、教育されているんだから、私たち親も、顔をあげて堂々と少年院に会いに行く方がいいよね」と、うつむきかけで暗い顔をして待っていた私に、面会待合室で一緒になったお母さんが話しかけてくれました。子どもから聞きたいことはたくさんありますが、先を急がず、その時その時に話してくれることをきちんと受け止めたいと思います。

まだまだ危ないところもたくさんありますが、成長して帰って来た息子を信頼して、見守る姿勢は保ちたいと思っています。

■何気ない会話のできる日々に

少年院を仮退院した三日目から、以前お世話になっていた大工の親方の下で働かせてもらい、休むことなく朝も自分の目覚ましで起き、遅刻することなく一生懸命働きました。しかしその一年後、親方の所も不景気のあおりを食って、仕事が減少して辞めざるを得なくなりました。

その後、何度か職場は変わりましたが、今は鳶の仕事をしています。体が資本の過酷な職場ばかりですが、「仕事をする」ということだけは息子なりに考えているようで、自分で探して交渉して、今日までやってきました。

私たち親が引き離そうと必死だった先輩との付き合いも、自分なりに距離を置いて付き合っているようです。子どもが選んだ友達を、今では受け入れられるようにもなり、息子一人ではなく、周りの子みんなが少しずつ落ち着いていってくれるようにと、思えるようになりました。子どもはその時に応じて友達を選ぶということも、親は友達の批判をしないことも、あめあがりの会で学んだことです。

元少年院の院長先生は、「十年くらいは落ち着くまでにかかると考えて、ゆったりと構えましょう」と言われました。「親の揺れ幅を少なくして、決して見放さないという姿勢が大事」ということも教えてくれました。私たちが大事に育ててきた子どもだから、必ず立ち直ると信じたいと思います。

息子は少年院から戻って来て二日目に、昼間、私と話している時に、目にいっぱい涙をためて言いました。「帰って来れて嬉しいけど、何をしていいのか分からない。皆が俺が更生したかどうか、疑って見る。俺は苦しいから、少年院へ戻りたい」と……。私はとても切なくなりましたが、今まで話すらまともにできなかったのに、きちんと自分の気持ちを言葉で伝えてくれたことに驚き、感心しました。「苦しい時に苦しいと言えることが一番大事だよね」と話しました。

子どもは周りの期待を敏感に感じ取ります。親の気持ちが揺れると、子どもはもっと揺さぶりをかけてくるように思います。私が、たくさんの人に支えてもらったように、息子もまた、いろいろな人と出会って、手助けしてもらえたらと思います。

朝晩の挨拶も戻り、一緒にごはんを食べられる日が増えたこと、何気ない会話ができるようになったことは、子どもが荒れるまでは当然のものと思っていましたが、今はささやかですが、幸せで穏やかな気持ちになれます。

雨あがりを信じて

ユリ

■優等生だった娘の変化

娘が児童自立支援施設に行ってから二ヵ月がたつ。突然やってきた夫と二人だけの生活。スーパーで夕食の買い物をしながら、娘の好きな食材に手を伸ばし、「ああ、娘はもう家にいないのだ」と思う。学校帰りの中学生を見ては、「あの子は、もう帰ってこないのだ」と思う。

娘は、小学校までは明るく活発、クラブの部長やグループのリーダーにも立候補するような元気いっぱいの子どもだった。小柄ながら運動神経は抜群で、陸上の競技会にも選手として選ばれ活躍していた。

娘が中学に入学するのを機に、私たち家族は定住する地を求め、マンションを購入して引っ越しをした。犬を飼いたい、という娘の強い希望もあった。隣町とはいえ、住む市も変わるので多少の不安もあったが、夫の仕事の関係でこれまでも何度か転校しうまくやってきたので、なんとかなるだろうと思っていた。

だれ一人、知る人のいない中学に入学した娘は、最初は不安な様子だったが、三日後には一緒に登校する友達もでき、学校帰りには新しくできた友達の家へ寄ってくるなど、すぐに新しい環境に慣れた様子だった。

希望する部活はなかったものの、自分で決めたクラブにも入部し、学校生活を楽しそうに語るようになった。そんな娘を見ながら、大丈夫かな、と不安になってきたのは五月のゴールデンウィークの頃だった。新しくできた友達から、携帯のメールアドレスの交換を要求されたり、遠くのショッピングセンターに誘われたりしていた。小学校の素朴な友達とは、どうも雰囲気がちがうようだった。

娘は連日、友達と遊ぶ約束をし、家族より友達関係に全エネルギーを注いでいた。学校や家の近所を駆け回っていた小学生の頃とはちがい、大型スーパーやゲームセンターに入り浸るようになっていた。

五月の末には、友達とのトラブルで授業に出なかったと担任の先生からの電話。本人の口からも、気に入らない教師への反発など暴言が出るようになった。

親に対する反抗的な態度は、小学五年の頃から目立つようになっていたが、次第に家での暴言もひどくなり、すぐにキレて、母親の私に対しても、暴力をふるうようになった。夏休みには部活の顧問の先生から何度か電話があり、顧問の先生に対する反抗や暴言が報告された。

秋には部活をさぼって、放課後、町中をうろついたり、学校でもたびたび問題を起こすようになって、そのたびに担任の先生や顧問の先生から電話や呼び出しを受けた。あまりに問題行動が多くなり、学校から両親ともに呼び出され、成育歴や小学校での様子を聞かれたりもした。娘は周りの友達に対しても自分の言いなりにさせ、嫌がらせ行為もしているとのこと。数人の子分を従え、ワルの親分をやっているとのことだった。

■暴走する娘・不安に怯える日々

いつ学校から電話がくるか、ハラハラ、ドキドキの毎日。私の頭は四六時中、娘のことでいっぱいになった。勉強も放棄し、カラのカバンを提げて登校する娘を見て、いったい、どこまで堕ちていくのだろうと暗い気持ちになった。

二学期末の個人懇談では、「1」や「2」が並ぶ通知票を前に、担任の先生から、このままでは入れる高校はないと言われたが、娘は気にするふうもなかった。

中学一年も終わりに近い三月には、午前授業の日も帰宅が夜の九時をまわるようになり、私服をカバンに入れて登校し、どこかで着替えて遊んでくるようになった。すでに他校の不良グループとも交流しているようだった。

こうして中学二年に進級したものの、娘の行動はエスカレートしていった。ある日、夜遅くまで帰宅しない娘の部屋に入ると、破れたノートのページが散乱し、手に取ると、飲酒や喫煙、そして複数の男子と性関係をもっていることが書かれていて愕然となった。

学校にも夫と二人で相談に行ったが、「家庭の責任でしょう」「育て方が悪かったのじゃないですか」と管理職の先生に言われ、その場でじっと耐えるのが精一杯だった。

ゴールデンウィークには、帰宅が深夜になったり、朝帰りになったりし、何度か警察に捜索願いを出した。夜が明ける頃、帰宅した娘にどこへ行っていたのかと問いただすと激しく暴れ、夫婦二人では押さえきれずに、警察を呼んだこともある。あとでわかったことだが、その時、娘は万引きしたお酒を飲んでいた。いつ、何をするかわからない娘との生活。どこでどんな危険な目に遭うかわからない毎日。私たち夫婦も、娘を守ることに限界を感じていた。

■児童相談所との関わり

中学一年の終わり頃から児童相談所にも相談に行っていたが、一向に事態はよくならず、娘の身の安全を守るためにも、私たち夫婦は一時保護所への入所を考え始めた。

中学二年のゴールデンウィーク明け、私たちも同意し、ついに児童相談所が一時保護所措置という判断を下した。事件や事故に巻き込まれる可能性、妊娠の危険などを考えると、やむを得ない措置だった。

児童相談所での通常の面接の時に一時保護所入所を言い渡され、よく訳もわからず同意した娘は、そのまま職員に付き添われて、遠く離れた場所にある施設に車で連れて行かれた。面接が終わったら学校へ行くつもりで、制服、カバン姿のまま、車に乗せられた娘。その時の訴えるような娘の顔が脳裏に焼き付き、やりきれなさに胸が痛んだが、親としても限界だった。

一ヵ月ほど一時保護所で暮らした娘は、反省が見られるということで帰宅が決まった。

私たち夫婦は、もとの学校や地域に戻すと、また以前の悪い交友関係が戻るのではないかと危惧し、他の可能性を検討したが、児童相談所職員から親子関係の修復も必要と言われ、自宅に戻すこととなった。

一時保護所から帰宅した娘は、翌日から学校へ行ったが、すぐにもとの友達とよりを戻してしまった。夜遅い帰宅が始まった。指導措置ということで、毎週、児童相談所での面接も課されたが、それも逃げて行かなかったりした。娘の口からは、「あいつらに、絶対、仕返ししてやる」と、一時保護所に入れた担当の児童相談所職員に対する恨みの言葉が発せられ、一時保護所では、早く出るため、「いい子ちゃんにしていただけ」とも言った。

■家出・昼夜逆転・異性関係

私たちには、娘の行動は以前より一層悪くなったように思えた。中学二年の夏休みには、とにかく今の環境から娘を引き離したい一心で、遠方にある私の実家に娘を連れて行った。なんとかこれ以上、悪い方へ行かないでほしい、こちらへ引き戻したいと、祈るような毎日だったが、夏休みも終わりに近づいたある晩、夜遅くかかってきた一本の電話で呼び出された娘は、そのまま帰ってこなかった。すぐに戻るだろうと思っていた私は、「家出する」というメモを発見し、血の気が引いていく思いだった。いったい、どこへ行ったのだろう、誰と？

どこでどうしているのかも全くわからないまま四日間が過ぎた。警察にも捜索願を出したものの、手がかりはなかった。このまま帰ってこないのではないか、という不安が頂点に達した頃、疲れ切った様子でふらりと家に帰ってきた娘は、多くを語らなかった。だが、立ち居振る舞いや言葉から、全くちがう世界にいたことがうかがわれた。

翌日、私が仕事から帰宅すると、髪を赤く染めジャラジャラと何個もピアスをつけた娘がいた。廊下には、部屋から出した机、本棚、いす、教科書、ノートが所狭しと置かれ、「もう要らない」ということだった。その後の登校日には、茶髪、化粧、マニキュア、ピアス、制服のスカートを短く切ってミニスカートにして行き、別室で指導を受けた。指導に従う気はなく、二学期は登校しても追い返される日が続き、そのまま不登校となった。

昼夜逆転の生活となり、夜になると遊び歩くようになっていった。金髪、派手なメイクと服装の娘は別人のようだった。娘の部屋には真新しい洋服やカバン、高いヒールの靴があふれ、自転車まで買っていた。いったいどこからそんなお金が入ってくるのか。娘に聞くと、「自分で稼いだ」、「賭けをして勝った」などという返事がきた。いろいろな男と関係をもち、金品をもらっているようだった。

親としては、娘がもはや、見過ごせない行為に及んでいるのを認めないわけにはいかなかった。交友関係は中学生にとどまらず、高校生、大人まで、しかも、近隣の町まで広がっているようだった。

■暴行事件・娘を守るために

学校には、一時、登校するようになったものの長くは続かなかった。学校内で不良仲間の先輩から暴行を受け、その後、決定的な事件が起きた。同じ先輩から、夜遅く、今度は外で殴る蹴るの暴行を受けたのだ。娘の身を案じた私たちは警察に相談し、被害届を出した。それから、恐怖を感じるようになった娘は、外出しなくなった。

電話はあちこちから頻繁にかかってきた。不良仲間も自宅周辺をうろついていたが、警察にも見回りを頼み、私たちはなんとか娘の身の安全を守ろうとした。あれほど止めても言うことをきかず、夜の外出をくり返していた娘が家にいるようになり、ほっとしたところもあった。とにかく無事でいてほしいと、それだけを願った。

こうして家での生活を一ヵ月も続けた頃、退屈してきた娘は学校に行きたい、と言い出した。それも、「今の学校ではなく」、と言う。いったいどんな道が残されているのか。夫婦で娘の行き先を探し、いろいろな情報を集めた。暮れも押し迫った頃、全寮制の中学も二ヵ所見学した。だが、どちらも今ひとつ、娘には合わない気がした。遠方にある私の実家への引越も考えたが、不安要素が多すぎた。

そして候補に挙がったのが、児童自立支援施設だった。児童相談所からは早くから勧められていたが、なんとか家で娘を見たいと、これまでがんばってきたのだった。娘は不良仲間の情報から「そこだけは死んでもイヤ」と言っていた。最後に連れて行かれる檻のような場所、というイメージを持っていたようだ。私たちも、施設に入れたら家族の絆が壊れる気がして、そこだけは避けたいと思ってきた。が、児童相談所の勧めで見学してみると、想像に反して、家庭的な明るい雰囲気のところだった。入所している子どもたちは、しっかり挨拶をし学校教育もちゃんと受けられる。寮ではご夫婦が子どもたちのお世話をしてくれる。

いくつかの選択肢を検討した結果、今の娘にはそこが一番いいと思え、娘を説得した。最初は嫌がっていた娘も、だんだんその気になってきたようだった。

■児童自立支援施設からの新たな出発

年末に児童自立支援施設への措置が決まり、年明けに入所となった。入所の日は、夫婦で娘を送って行った。学校の担任の先生も駆けつけてくださった。施設の担当の先生から説明を聞き、ここでよかった、と思えた。

「ここで何か、一生懸命やりたいことを見つけてほしい」「困ったことがあったら、いつでも担当の先生に話すこと、その場で必ず解決します」「二十四時間、一緒に生活するので、うそやごまかしはききません」

力強い、印象的な言葉だった。娘を入所させた私たちは、帰宅して心からの安堵を覚えた。もう、あの子が夜遅く出て行く心配はない、仲間から暴行されることもない、電話が来ても関係ない……。

娘が中学に入学してから二年近く、長い長い日々だった。

いったい何が原因で娘はこうなってしまったのだろう。小学校まで、あんなに明るく、友達も多く、何でも一生懸命やる子だったのに……。娘の様子がおかしいと感じ始めてからいつも考えてきた。

「なぜ?」「どうして?」「何が悪かったの?」

今の場所に引っ越したのがいけなかったのか、育て方がまちがっていたのか、夫の仕事が忙しく、夫婦の仲が悪くなったことが影響したのか、何か発達障害とか精神的な問題があるのか。

友達が悪いのだ、と思った時もあった。娘は影響されているだけなのだと。荒れ狂う娘を止めたくて、最初は必死になって戦った。

「やめて!」「どこへ行ってきたの?」「いったい何時だと思ってるの?」

だが、お互いに感情をエスカレートさせるだけで、何ひとつ良い方向にはいかなかった。

何か夢中になれるものをと考えて、部活をやめてからは、やりたいと言っていたダンスやドラムの見学に連れて行ったりもした。しかし、どれひとつ、娘の暴走をとどまらせることはできなかった。

施設に入所する前、外出しなくなってからは、家族でカラオケをしたり温泉に行ったりと、娘との時間を楽しむように努力もした。今、一緒にいる時間を大切にしたかった。思いつく限りのところへ相談にも行った。

スクールカウンセラー、児童精神科の病院、情緒障害児の治療施設、児童相談所、子育てサポートセンター、教育相談、警察の少年サポートセンター、家族療法をやっている心理療法所……。

でも、どこに行っても、突っ走る娘を止めることはできなかった。娘は、ただただ走っていた、あり余るエネルギーをほとばしらせながら。

■それぞれが生きるということ

施設という枠の中で、やっとストップがかかった娘。今は、親として、娘が自分の生をまるごと受け入れて生きていってくれたらと願うばかりだ。

二歳の時に、乳児院から私たち夫婦のもとへやってきた娘は、私が産んだ子どもではないが、あの時そう思ったように、神様から授かった大切な私の子ども。

「お前なんて、産んでもいないくせに、親じゃない！」

反発が強い時、何度も何度も浴びせられた言葉。そのたびに、心の中で、「私はあなたの親だよ」「あなたがどう思おうと、私は親だよ」と繰り返してきた。娘の非行があまりに耐え難くて、この二年間、娘を殺してしまいたいと思ったこともあるし、死んでほしいと願ったこともある。でも、今、娘が非行という道に走ったと同じように、私自身も道はちがえど、至らない一人の人間だと思う。それでも許し合って生きていかなければ。時折、施設にいる娘から舞い込む手紙には、「お父さん、お母さん、大好き」「離れていても家族は一緒だよ」とあった。

「うん、そうだよ、一緒だよ。家族だよ」。その思いを深くかみしめる毎日である。

■必ずどこかにつながっている

初めて「『非行』を考える全国交流集会」に参加した。ほんのささいなことで、いわゆる「普通」の道からそれてしまう子どもたち。でも、どんなところにも、道はあるのだ。手をつないでいけるのだ。

同じ思いに苦しむ親たち、カウンセラーや弁護士など、一緒に歩んでくれる人たちから、そんな励ましをもらった。私も雨があがるのを信じて待ち続けたいと思う。

どうか排除しないで、の思い

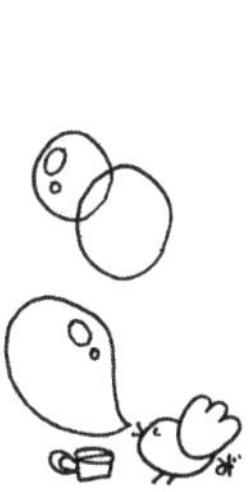

澤田美樹

■お母さんでは無理でしょう、と

息子は小学校一年の夏、転居のために一度転校をしています。転校早々の放課後、自転車で校舎内を走るような元気な子どもでした。少年野球に入団し、低学年のころはピッチャー、高学年ではキャッチャーをしていましたが、六年生のときに肘を痛め、野球ができなくなりました。勉強は苦手でしたが、体を動かすのが大好きな子どもでした。

息子に変化が見え始めたのは、中学一年の秋です。当時の息子の口癖は、「どうせ俺なんて。どうせ俺が悪いんだろう。誰も俺の話を聞いてくれない」でした。自転車を改造し、髪は金髪、耳にピアス、学校は遅刻・早退を繰り返し、学校生活から少しずつ遠ざかっていきました。

我が家は母子家庭です。当時、息子が問題を起こすたびに周りの人たちが敵に思え、相談する人もいませんでした。学校からすすめられたのは、警察の少年サポートセンターです。何度か足を運びましたが、そこでは「母子家庭で生活が大変なお母さんでは無理でしょう、息子さんとは離れたほうがいい」としか言われません。

ある時、目にした少年鑑別所の中にある「教育相談」に足を運ぶようになりました。それまで、「家庭環境が悪いから子どもが悪いことをする」と、耳が痛くなるほど言われてきましたが、そこの先生は違いました。

「親が変われば子どもは変わりますよ。お母さん一緒に頑張りましょう」と言ってくれたのです。「私は一人じゃない」と、その時、少しの希望が見えた気がして救われました。その教育相談に月に二回、半年通ったころ担当の先生が転勤になりましたが、「お母さんは変わってきています。私がいなくても大丈夫」と言われ、何だか私はひとまわり大きくなった気持ちになり、自信もついてきました。

■決め付けられる悲しさの中で

しかし、子どもはなかなかよい方向には向かず、学校からはますます離れていきました。警察に補導されるようになってくると、息子たちが学校の門の辺りで溜まっているということだけで警察に通報され、パトカーがやってくるようになりました。学校には入れてもらえなくなりました。

黒い髪で登校すると、門には入れてもらっても相談室で持ち物検査をされ、違反物が見つかれば先生と話をして家に帰されてきました。校則違反がなければ教室に通され、一〜二時間授業を受けて帰されます。トイレでいじめられている生徒を助けていたら、先生から話も聞かずに「またお前か」と怒られたと、私に話したこともあります。

学校でケンカをするたびに被害届が出されました。息子の話を聞いても、一方的に息子だけが悪いわけではないケンカで、しかも怪我も小さいので納得ができず、私は、少年サポートセンターに、なぜそのような一方的な届けになるのか聞きに行きました。

所長は私に、「これ以上大きな事件になると大変。もうお母さんの手には負えないでしょうから、虞犯で息子さんを保護しましょう」と言うのです。このとき私は、「いいえ大丈夫です。社会の中で立ち直れると思います」と答えました。息子がしたことを正当化するつもりはありませんが、ケンカをするからには原因があります。先生たちが結果だけを見て「お前が悪い」と決めつけて息子の話を聞こうとも、原因を知ろうともしなかったのが、私には悲しいことでした。

息子が中学二年のとき、私はＰＴＡの環境整備の役員になりました。息子たちと土いじりができたらいいなと思ったからです。でも、息子は登校して来なかったので、私のほうが多く学校に通ったと思います。おかげで、息子の担任の先生と話をする機会が増えました。息子のことを一緒に考えてほしくて、何度も話をしました。でも、先生は私に、「俺は三十八人の生徒を見ている。一人の生徒にかまっていられない。俺は組織の一員だから」と言いました。

それなら組織のトップは校長先生だと思い、校長先生に話をしにいくようになりましたが、校長先生は私の話を正面からは聞いてくれず、話をそらされたと思うことばかりでした。私が先生たちに伝えたかったのは、いつも息子が言っていた「どうせ俺なんて、どうせ俺が悪いんだろう」という言葉の裏に感じる、学校での居場所のなさと息子がどんどんと自信をなくしていく姿でした。

どうか、息子を排除しないでほしいという思いで、「息子の話を聞いてください。息子に居場所をください。息子を邪魔者にしないでください」と何度も訴えたのでした。そのことだけでも分かってほしかったのです。

今も、あの時、少しでも息子の話を聞いてくださる先生がいて、息子を一人の生徒として受け入れてくれたら、少しだけ中学校のいい思い出が残ったのではないかと思います。でも、後に書きますが、息子は担任の先生の暖かいつながりを感じていたようでした。

■ハナミズキ

中学校の卒業式の一ヵ月くらい前に息子はケンカで逮捕され、鑑別所に送られました。審判の日は卒業式の前日。結果は少年院送致となりました。担任が来てはくれましたが、学校は、息子がいなくなってほっとしているのではないかと、すっかり学校への期待を失くしてしまっていた私には、そんな気持ちさえ浮かんでいました。でも、息子は、「担任の先生と校長先生が、わざわざ少年院まで卒業証書を持ってきてくれたんだ」と私にうれしそうに言いました。

息子は、鑑別所の中から私に、「卒業式には、担任の先生にハナミズキの苗を贈ってほしい」と言いました。なぜなのか不思議な気がしました。後で分かったことですが、ハナミズキの花言葉は、「返礼」。息子は、先生へのお礼を託したのでした。

その三年後、担任の先生に会ったとき、「ハナミズキが大きく育っているよ」と言われました。先生はあの苗を植えてくれたんだと思い、息子もこの三年間、成長したんだなあ、と実感しました。

■息子の言葉「かまってもらいたかった」

その息子に学校についてどう思っているのか、思い切って聞いてみました。息子は、私に手紙の形で気持ちを書いてきてくれました。以下が、その内容です。

『中学を卒業し、早くも六年が経ちます。今回、母から中学に行かなかった理由と、先生方にどのように対応して（接して）ほしかったかを聞かれました。

今回このようなことを聞かれるまで、「なぜ学校に行かなかったのか？」など、考えたこともありませんでした。そして、この年になって考えてみても、学校に行かなかった理由などまったく思いつきません。

よく考えてみれば、クラスに自分の居場所がなかったとでも言うのでしょうか。僕自身、学校に行けば、教室に行き、授業を受けていました。他の子の邪魔をしていたかといえば、授業中はおとなしくしていたので、そんなことはなかったと思います。

でも、他の子たちからすれば、僕は当時荒れていたので、怖かったと思うし、自然とクラス自体も僕を受け入れてくれる環境ではなかったと思います。だから、学校に行きづらくなったのだと思います。

先生方にどんな対応をしてもらいたかったかと言えば、言い方はおかしいですが、分かりやすく言えば、かまってもらいたかったです。やはり、学校で問題児となると、どの先生たちも、僕を見て見ぬふりをしていたと思います。先生たちが生徒を注意すれば、親が出たり、暴言を吐かれたりすると思います。実際、僕も先生に暴言を吐いたり手を出したりしていました。そうなったら、誰もかかわりたくないと思うのは当然です。

でも、一人だけ、僕のことを見続けてくれた先生がいました。その先生は、僕と言い合いをしたり、いろいろな話をしてくれたりしました。

当時を思い返すと、僕がグレたのは家庭環境もありますが、心の中で誰かにかまってもらいたかった。自分の存在を認めてほしくてあのような行動を取っていたのだと思います。

毎日あいさつする程度で良いと思います。少しです。心を開かせて、気にかけてあげるのが大切なんじゃないか、と思います。』

この文を読んで、息子のハナミズキの意味が分かりましたが、やはり息子は、心を開いてくれて、気にかけてくれる、かまってくれる人を求めていたのですね。「組織の一員」という言葉が、私の中には今も引っかかり続けています。

息子は私に、人生を考えるチャンスをくれた

中村　きよみ

■我が家の場合

中学二年の夏休みを境に、坂道を転がるように非行街道をまっしぐらに突き進んだ息子。

その頃のわが家は、夫の両親、私たち夫婦、娘二人と息子の七人家族でした。

次女は、小学校五年生から中学三年間不登校でした。高校に入ってから順調に学校生活を始められた時でした。やっと次女のことで悩まなくなったと思ったら、長女は高校三年の時、彼のアパートで生活するようになり、妊娠し十九歳で母になってしまいました。

■変わりゆく息子の姿に

息子は、小学校の時は、四年から始めたドッジボールクラブの練習に明け暮れ、多くの大会にも出場し、充実した時を過ごしていました。勉強もよくでき、クラスでも人気者で、六年生では児童会長もしました。

でも、中学に入ったとたん、何か服装がおかしくなり、どこで手に入れたか分からないダボダボのズボンに短ラン。ジャージは何やらすごい刺繍の入った派手なものを着るようになりました。学生服を着ても下着が見えるような腰パンにしたりしていました。言葉使いも乱れ、それまで聞いたことのないような「てめえ」だの「ざけんなよ」だの「死ね」だのを聞くたび、「どこでそんな言葉を覚えたの？ きっと悪い友達と一緒にいるからだね」と思っていました。家では、自分の部屋で、友達とタバコを吸ったりお酒を飲んだりしました。注意しても「うるせえ」「黙ってろ」「じゃま」などと言って、私を相手にしませんでした。

一年生も終わりになるという三月の夜十一時頃、派手なクラクションとともに車が庭に入ってきました。外に飛び出した私に、「この子暴走族に入っているの知ってました？」

と知らない女の人が大声でまくしたてました。息子は、知らない男の人にドつかれ土下座をさせられ「お母さんに謝れ、もう二度とバイクに乗らないと言え」と怒鳴られました。その知らない男女は、息子と同じ暴走族に入っていた友達のおじさん、おばさんでした。

誰の物か分からない大きなバイクに乗って中学校の前をブンブン走り回ったり、クラクションをプカプカ鳴らしながら走ったりするのを見かけたと、近所の人からも言われていました。土曜の夕方にはよく出かけていたので、私も「そうではないか」と思いながらも「まさかそんなはずはない」と、現実から目をそらしていたのです。こうもハッキリ言われると認めざるを得ませんでした。かと言って、「どうしたらいいの!」と開き直ることもできず、ただオロオロするばかりでした。

■学校では

中学三年生になると学校での態度は悪化するばかりで、窓ガラスを割ったり、校舎の中を自転車で走り回ったり、授業中にどこかへ出ていってしまったりして、毎日のように学校から電話がかかってきました。私が何を言っても「うるせえ」「じゃまだ」「黙ってろ」と言い放ち、返してくる答えはウソだらけでした。そんな息子を、私は信じられなくなりました。

「こんな子にしてしまったのは母親のせいだ、お前がちゃんと育てなかったからこんなふうになってしまったんだ」と、世間体ばかりを気にして私をなじるばかりのジジババに対しても、何も口答えできない自分が悲しくて悔しくて、やり場のない気持ちでいっぱいでした。

■家族が壊れていく

あの頃の日記を読み返してみました。そうしたら、よくまあ息子は毎日やらかしてくれていました。そして、ジジババはよくまあ、毎日私をなじり続けていたものだと思いました。そして夫は、いつも蚊帳の外だったなあと思いました。いつも仕事を理由に家に帰るのは遅く、日曜日も仕事を理由に家にいませんでした。

こんなこともありました。息子が荒れて戸を壊した時、夫は二階から飛んできたかと思ったら、私たちの仲裁をするでもなく、話を聞くでもなく、ただ壊れた戸の修理に一生懸命でした。何で一言「ダメじゃないか」とか「やめろ」とか言えないの！　少しは父親らしいこと言ったらどうなの！　と思いましたが、これが私の夫、これが息子の父親なんだー、とがっかりしてしまい、何を言う気にもなりませんでした。私は息子とジジババを相手に四苦八苦しているのに、夫は私の心の支えになってくれませんでした。

私は一人で息子とジジババと闘い、胃が痛くなったり食欲がなくなったりし、体重があっという間に五キロも減りました。耳の聞こえが悪くなったり、物忘れもひどくなりました。現実を受け入れられなかったのでしょうか、ストレスが体調に現れてしまったようです。

今はそう思えますが、あの時は自分の体調の変化がストレスからだなんて考える余裕はありませんでした。ただただ、次から次へと押し寄せてくる荒波のような出来事に、心も体もくたくたになっていきました。

■「お前は誰の味方か!」

そんな私の、当時の心の支えは学校の先生方の言葉でした。息子のことやジジババのことを考えてくれる人たちだと思っていたからです。私は、学校の先生の言うことは何でも聞きました。だから先生から言われたように、「あの子とは付き合うな」と言い、「悪いことばかりしていると警察に捕まるよ」と脅しました。また、先生と一緒に、「今度悪いことをしたら鑑別所に入れてください」と警察にお願いにも行きました。

その一つひとつは、息子の気持ちを逆なでし、ますます私と息子の気持ちの溝は深まるばかりでした。

「お前はオレの味方か、先公の味方か！」と怒鳴られて、「あんたの味方に決まっているじゃない！」と答えたものの、気持ちの中では「先生の味方に決まっているよ！」と叫んでいました。


中学三年生の五月に、何でそうしたのかは分かりませんが、少年院に行っている暴走族の総長のバイクを盗んで崖下に落とす、という事件をおこしました。

ある夜、一緒にバイクを盗んだ子と二人で帰ってきました。「友達の腹が痛いから家まで送ってやってくれ」と言うので、送ってあげました。次の日、息子の顔を見たら、口から頬にかけて青く血がにじんでいました。「どうしたの？」と聞くと「転んで顔を打った」と言います。普通ならこの時点で二人は暴行を受けたのだと気づくのでしょうが、私は本当に、友達は腹痛で、息子は転んだと疑いもしませんでした。

毎日のように深夜徘徊、朝は起きられない、学校は抜け出す、万引きしたのかと思える物が部屋に転がっている、学校からはちょくちょく呼び出されるというような生活の中で、私の神経も麻痺していたのかもしれません。お腹が痛いの、コケたのということなどたいしたことじゃないと思ってしまったのでしょうか。「あ、そう」程度の感覚しかなかったように思います。

後で、なぜあの時、気付かなかったのか、どこまで間抜けな人間なんだと、自分に呆れ果てました。そして、「死ななくてよかった」「生きていてよかった」と思います。

■暴走族を抜けた

この事件で、バイクを弁償するのに一人十万円を払いました。「十万円も！」と思いましたが、それで暴走族から抜けられるならと思いました。

次の集会の時、駅前の人が大勢行き来する前で、「暴走族を抜けたい」という息子を含めた三人が並ばされ、その後ろに親たちが並ばされました。副総長らしき子が訓辞をしました。「他の暴走族に入るなんてもってのほか。警察のご厄介になるようなことはするな。服装もきちんとしろ。これが守れなかったらただじゃすまさないぞ。親もそこんところを承知しておくように」と、私たちの目をキッと見て言いました。

私は、息子たちがまた殴られるのではないかとドキドキしながら直立していましたが、それはありませんでした。一応、これで暴走族チームからは脱退できたのです。その場で「おばさん、息子さんに一万円貸したから返して」「オレは二万円」「オレは一万五千円」などと何人かの子に言われるままに返しました。このお金で暴走族がやめられるなら安いものだと思う私でした。

■十四歳逮捕・少年院……止まらない涙

これでやっと少しは落ち着くのかと思っていた矢先、早朝に刑事が三人で来て、寝ている息子を起こし、連れて行ってしまいました。恐喝未遂で逮捕されたのです。十四歳、中学三年生でした。タバコ、飲酒、万引き、窃盗、暴走族、警察と、私のそれまでの人生の中ではまるで縁のなかった言葉が次々に飛び交う中、ついに息子は逮捕されてしまったのです。

この時の私は、テレビの一場面を見ているようで、とても現実に今起こったこととは認識できませんでした。逮捕はとてもショックでしたが、半面、身柄を拘束されることで、息子を夜な夜な探し回ることもなく、誰かを傷つける心配もなく、バイクで事故を起こす心配もしなくていいんだ、と思うと何か肩から力が抜けるような、束の間の平穏を手に入れたような複雑な感じがしました。

一週間の警察での拘留、一ヵ月の鑑別所での生活の後、家庭裁判所での審判がありました。結果は少年院送致でした。

審判廷に響く「少年院送致」の言葉、すかさず響いた「ありがとうございました！」の息子の大きな声に、十分覚悟していたとは言え涙が止まりませんでした。どうして、どうして私の子が少年院なんて行くことになっちゃったの？　私の育て方のどこが悪かったの？　この子の将来はいったいどうなるの？……頭の中はぐるぐるといろんなことが駆け巡りました。

登校を拒否した娘と、十代で妊娠出産した娘、そして非行の息子。私たち夫婦と両親の仲はいっそう険悪なものになり、息子の逮捕を機に別居することになり、私たちは引越しをしました。

■支え合える家族に

すると、寄ればさわれば私のここが悪い、あそこが悪いとなじるジジババから解放され、非行少年は目の届かない遠くに行き、こんな気持ちでいていいのかしらと思うほど、私の心は穏やかになりました。

気持ちが落ち着いたのは私ばかりではなく、娘も「学校から帰るのが楽しみになった」と言いました。夫も「あの頃は理由をつけて家に帰るのを遅くしていたし、家に帰って来たくなかったけど、今はそんなことがなくなった」と言いました。

息子が行った少年院は遠方で、新幹線を乗り継いで三時間半、往復三万六千円をかけて三十分の面会に行きました。あまり体調も良くなかった私にできることは、せめて面会に行く交通費を稼ぐことでした。パートの仕事は毎日、だるさと闘いながら何とか勤めていました。夫もそれまでと違い、転居先からは片道三十五キロ以上ある峠道を車で通勤しました。

家族三人でいる時間は、以前のように一人ひとりが全身にトゲが出ているような精神状態の時とは異なり、お互いを気遣う気持ちが出てきて、短いながらも充実した時を過ごすことができるようになりました。夫は、家に寝るために帰ってくるような生活でも通勤が大変だとは文句も言わず、以前のように家のことはみんな私に押し付けて知らんぷりしているということがなくなりました。家族のために甲斐甲斐しく働き、私は肉体的にも精神的にもとても助かるようになりました。

その少年院は住宅街の中にあり、高い塀があるわけでもなく、想像していたものとは違いました。先生方も親切で、当たり前ですが普通の人たちでした。面会の時の差し入れは、ここで買う決まった二種類のお菓子以外はダメでした。一ヵ月ぶりに食べられるお菓子なので好きな物を食べさせてあげたいのに、それが許されないここは、やはり少年院なんだなと思いました。

家にいる時は、心ここにあらずで私の言うことなど耳に入ってない様子でしたが、面会を重ねる頃は次第に穏やかになっていきました。仮退院が決まると、家族と一緒に一晩過ごせる寮で、何ヵ月ぶりかで二人で長い話をしました。

「ラルクの〝自由への招待〟のCDを買って車の中で聞きながら帰りたい」、「服はこういうのを持ってきてほしい」とか。

好きなCDを自由に聞けること、好きな食べ物を食べられること、友達と会って他愛もないことをおしゃべりすることは、少年院にいる限りはできないんだなあと痛感しました。あれだけ好き勝手にやってきたのだから、少しはガマンしなくちゃね、と思いましたが、そのストレスにどこまで耐えられるだろうかと心配にもなりました。

私のいろいろな心配をよそに月日は過ぎ、桜の花が満開の四月二十日、息子は少年院を仮退院しました。

■「親たちの会・長野」との出会い

十八年ぶりに平穏を取り戻した私ですが、少年院から帰って来る息子と、どう向き合えばいいかは悩みの種でした。息子は少年院で教育を受けて帰って来るのに、迎える私が前と同じなら、また以前のような非行少年になってしまうのではないかと不安でした。

物理的には以前住んでいた場所からは遠くなって、友達とは離れたはずでしたが、それだけでいいはずもなく、息子の不安を相談する場所もなく困っていました。

そんな時、まるで私のためにできあがったかのように、長野にも「非行」と向き合う親たちの会が誕生したのです。こま草の会です。私は、息子を何とかしたくて、特効薬を求めてこの会につながりました。でも、子どもに対しての特効薬はありませんでした。その代わりに、私の心の傷口には良く効く薬がありました。それは、自分の気持ちを話し、聞いてもらい、また、他の人の話を聞き考えることでした。声に出して話をすると、話しているうちに漠然としていた自分の考えが、「私はこんなふうに思っていたんだ」とハッキリ認識できるようになりました。何より自分の気持ちを誰かに聞いてもらうだけでもストレスの発散になりました。

一ヵ月分の話をし、次の一ヵ月間を乗り切ります。自分の気持ちを子どもにどう伝えたらいいかとか、こういう言い方はしない方がいいとか、皆さんのお話からたくさん学び、知恵もお借りしました。それを少しずつ実践していきました。

あれから十二年。私は親たちの会とつながりながら、子や孫や夫に対してどう向き合っていくべきか考えさせてもらっています。それは、とりもなおさず自分の生き方を考えさせてもらっていることになると思います。

息子のおかげで、親たちの会との素晴らしい出会いがあり、これからの自分の生き方を考えるチャンスをもらうことができました。今は本当に心から息子のおかげで今の自分があると思っています。

■聞きたかったこと

一つ、息子に聞くことができずにいたことがあります。それは、どうして非行をしたのか、という理由です。十年以上経っているのですが、昨年、息子が非行の体験を語る機会があり、そこで息子の話を聞くことができました。

どんな重大なワケなのか、もしかしたら親のこういうところがイヤだったからとか、窮屈な学校生活がイヤだったからとか、親に反抗したかったからとか――何を言うのかとドキドキしながら聞いていました。

でも、息子はとてもサラッと、「それが楽しかったからです」と言ったのです。私は「エ～～～!!」。ただ楽しさを求めて、あんな無謀なことを次から次へとやらかしたのかい！と本当にびっくりしました。

その上、少年院へ行くことも、私はそれまで突っ走ってきた自分にストップをかけてもらってよかったと思っているのではないかと思っていたのに、「自分の経歴に箔がつくと思った」などと言うし、「少年院では優等生を装っていた」なんて言うし！

私が十何年も苦しんでいたことの理由はそんなことだったのかい！と思うと、拍子抜けしてしまいました。

まあ考えてみれば、楽しさを求めるということは、逆に言えば、それまでが楽しくなかった反動だということだし、理由はともあれ、息子は少年院で出会った先生方から一人の人間として対等に扱ってもらって嬉しさを感じることができたし、偽善者ぶらず素の自分をぶつけてきてくれる人間くさい先生方との出会いは、それ以後の息子の人生に大きな影響を与えたことは確かです。なので、よしとしておきましょう。

■同じ思いの方に

鑑別所で十五歳の誕生日を迎え、少年院で中学を卒業した息子は、いろいろな仕事を経験した後、二年前農業の会社を立ち上げました。今は、一緒に会社を切り盛りしていってくれる彼女と二人で、りんご、梨、ブドウを栽培しています。昨年は多くではありませんが利益も上がり今年の経営にもはずみがついたようです。

非行行為そのものは決していいものではありません。その渦中にある時の不安や苦しさ、不信感や絶望感は言うに言えないものがありました。孤独でよく泣いていました。でも、嵐がやってきて雨が降り続いていても、雨がやまないことはありません。

私が親の会につながって自分の気持ちを吐き出すことで少しずつですが自分を取り戻せていったように、今、苦しい気持ちでいっぱいの方も一人で悩まないで、同じ苦しい思いをしてきた多くの皆さんに支えてもらうことが、大事なことだと思っています。助けてもらうことは決して恥ずかしいことではないのだと気づきました。

そう、きっといつか雨はあがります。

妻亡きあとに二人のヤンチャ息子と

秋元晴男

■妻との別れ

もう二十年以上前のことになります。妻が、ある時から重い心の病を患ってしまいました。動けなくなり、布団から出てこない状態が続きました。

そのころ、子どもたち二人は元気に保育園に通っていました。私は残業が多い仕事で、私の母と妻の母親が子どもの送迎や食事の世話などをしてくれて、そのおかげで何とかやっている状態でした。寝ている妻を前に、長男が「それでも親か?」と言ったことがあったのを覚えています。

そんな状態の妻にも、また仕事の忙しさにも、私はイライラしていました。一度だけですが、子どもを殴ってしまったことがありました。その後のある日、テレビを見ていた二人が、私の呼びかけにパッと立ち上がり、気をつけの姿勢をとったのです。殴られると思ったんだと、すぐにわかりました。手を挙げたことをとても後悔し、子どもたちに謝りました。

妻は、上の子が小学校三年、下が小学一年の時に永眠しました。私一人では二人の息子を育てることは、とてもではありませんが、できません。私の両親を頼って、実家へと引越ししました。亡くなった妻の両親にも、子育てではたくさん助けてもらいました。

母親が亡くなったショックの上に、新しい土地、新しい学校、片親となった子どもたち。この時から子どもたちにとって大変な日々が始まったと言っても過言ではないと思います。

妻には今でも申しわけなかったと思っていることがあります。妻はアルコール依存でもありました。私は、妻がお酒を飲まないようにと、家の中からお酒をすべてなくしました。それなのに、私は看病疲れなどで眠れない夜に、隠れて睡眠薬代わりにお酒を飲んでいたのです。妻も気づいていたようですが……。

■思春期の子どもたち

転校して子どもたちの友達も変わりました。家は町の中心街に近かったので、学校帰りにゲームセンター通いもしていたようです。私は仕事で遅く帰ることが多く、両親からあとから聞くわけなのですが、小学生が夜にゲームセンターで遊んでいても、オーナーが声もかけないことにびっくりしました。でも、子どもたちは野球に夢中になりました。特に長男は、運動神経が良くて高学年になると県大会まで行きました。

学校の行事にも、当然ながら私は仕事で行けません。参観日も妻の母親、息子たちのおばあちゃんが行ってくれましたが、やはり子どもたちは寂しい思いだったのかもしれません。授業の中で、お母さんを題材に作文を書くということがありました。仕方がないことなのかもしれません。先生にも罪はありません。それでも、もう少し配慮をしてもらえたらと思うことは、この時だけでなく何度もありました。

中学に入ると、いつの間にか我が家が子どもたちのたまり場になっていました。六〜七人が、二階の子ども部屋によく入り込んでいました。同居していた私の父は、書道を教えていて家では無口ですが、ボランティア精神が旺盛な人で、他人のためにはよく働く人でした。困っている人には、積極的に手を貸してあげる人でした。

そんな父は、家に入り込んでくる子どもたちにも、あまり怒らずに黙っていることが多かったようですが、ある日は我慢も限界だったようで、下から大声で怒鳴ったことがあります。普段の父の姿を思うと、よほど腹が立ったのだと思います。

時には女の子が来ていることもあって、それは本当に困りました。私は、女の子には住所と名前だけは教えてほしいと言って紙に書かせました。うちに来ている子どもたちの親も、きっと困っていたと思います。ほとんどが息子と野球チームで頑張っていた仲間たちでした。

私は、子どもの友達十人ほどの全員の家の場所と、どこで何時ごろにたむろしているかを地図に書き込んで「友人マップ」を作成しました。それを、全部の親御さんに配ったりもしました。あまり反応はありませんでしたが、みんな困っているにちがいないだろうから協力できたらいいと思ったのです。

二人ともに、一年生と三年生の中学生になったころには、転げ落ちるように生活は乱れていきました。暴走族に入り、自分たちの「族」の名前まで作って遊びまくっていました。

自転車やバイクを盗んだりしては問題になりました。中学校の卒業式には警察官が警戒していました。

■二人が少年院に

それでも長男は高校生になり、かなり遊んでいたのですが、遅れながらも毎日学校に行っていました。高校は卒業しようと自分で決めていたようです。出席日数はギリギリでしたが、留年しないで三年に進級できました。でも、遊び方はかなり派手だったので、警察には相当目をつけられている状態だったと思います。特攻服を着て街を闊歩していましたし、暴走行為を繰り返していました。

そんな中、バイク事故で高校を休まなくてはならなくなって、結局、中退をしてしまいました。長男はその暴走族の上の方にいて、ある日の暴走行為でついに捕まりました。次男は、長男よりも早くに問題を起こしたりしていて、とても心配でした。

その事件では、次男は鑑別所で戻ってきましたが、長男は中等少年院に送致されました。半年の短期送致でした。両親も私も、やはりショックで悲しく思いました。遠方の施設に収容されたため、会社を休んで片道三時間半かけて面会に行くのは大変でした。その合間には、周りに相談をしたり、いろいろと忙しい毎日でしたが、でも、逮捕前の、どこで何をしているのかわからず心配したり、警察から電話がかかってくる日々と比べたら、少年院にいるということで、ほっとできる自分もいました。

当時の手紙が今も手元にあります。自分も、息子たちも、仕事のことや将来のこと、これからどうしたら成長していけるのか、何度も書いては相談し合っていました。

■親として育つ

長男が少年院を退院する頃の事です。私は早く仕事についてもらって安心したくて、息子に強くそれを言っていました。しかし、私の父親は、「あんなに大変なところに半年も行っていたんだから、少しはゆっくりさせて、好きにさせてあげたらいい」と言いました。焦っている自分に気付き、目が覚めた気がしました。

そして、そこの少年院では少年院出院前に、親子水いらずで施設内で宿泊する日があるのです。その時が、これまでで一番長く長男と二人で話をした気がします。初めて、親子で腹を割って、これまでのこと、これからのことなどを話すことができました。今でもそのことはよく覚えています。仕事にかまけて、子どもと真剣に向き合って会話をしたことがなかったことにも気付いたのでした。少年院から出てきたら、そういう時間をもっと作らなくては、と思いました。

しかし、長男が少年院を出てから、今度は次男が少年院に入ることになってしまいます。次男は中学卒業後、調理師の免許を取りたいと調理師学校に入学しました。バイトもしていて、遊びが忙しく学校をズル休みをするときは、祖父母の具合が悪いことにするなど悪知恵を使って印象を良くしようとしながら休んでいました。

ところが、その間に事件を起こして、次男も少年院に入ることになってしまいました。

私の母は、「何でお前みたいなまじめな息子から、ああいう性格の子どもたちが育ってしまったのか、考えられない」と言いましたが、私も、何がいけないのか、どうしたらよかったのか、今もわからないし不思議な思いです。

幸い、私には趣味があり、ボランティアで気を紛らせることができたので、何とかやってこられたのだと思います。また、子どもが問題を起こすようになって、呼び出されたり、弁護士と話をしたり、裁判所などにも行かなくてはならないし、ほかにもいろいろなことで仕事を休んだり、早退しなくてはならないので、会社の直属の上司にだけはすべて伝えてありました。

親だけでは子育てはできません。まして私は、妻も亡くして父親一人です。私の家族をはじめ、会社の人、保護司、付添人、弁護士、友人たち、そして「非行」と向き合う親たちの会（あめあがりの会）にも助けてもらい、子どもたちも少しずつ成長し、大人になっていくことができたとつくづく思います。

■暮らしにくい世の中を変えていきたい

今、息子たちはそれぞれに結婚もし、子どももいます。長男は、店を経営しており、まだ安定収入にはなっていませんが、子ども二人のためにも、がむしゃらに働いてほしいと思っています。次男は私と同居しているのですが、頑張って家も新築でき、やはり子どものために、馬車馬のように働いています。

私もつらいことはたくさんありました。自分の経験からも、つらい時には相談者を見つけてつらい思いを抱え込まないで話せることが大事だと思います。(私には、幸いその後に、パートナーができました)。また、幸い、その頃にあめあがりの会に出会えたこともラッキーでした。自分がつらい人の聞き役になる、あめあがりの会を紹介してあげる、そんなささやかなことをして、微力ですが、こんな子どもたちの気持ちもわかりあえる世の中に変えていけたらと思います。

うちの二人の息子のように大変な〝あめっ子〟たちも変わりました。一生涯「非行」していない人はおりませんから、頑張って乗り越えていきましょう！　今、渦中の人には、そう伝えたいです。ともに頑張りましょう！

前を向いて生きる――あとがきに代えて

代表　春野すみれ

本書を手に取ってくださり、お読みいただき、本当にありがとうございます。

「はじめに」にもありますが、「非行」と向き合う親たちの会（あめあがりの会）にとって、四冊目の体験記集となります。

これまでの三冊と異なるのは、原稿を寄せてくださった方々が、いずれも親たちの会につながって、そこで息をつき、回復する力を徐々に徐々に育みながら生きてきたという点です。それは、会を立ち上げたときには想像もしなかった、「自助組織の持つ根源的な力」でした。

涙を拭きながら書き上げたのではないだろうか……、そんな箇所がどの原稿にもあります。子どもの「非行」は、親にとってとてもつらい現実です。忘れてしまいたいと思う人もいるでしょう。でも、原稿を寄せてくださった人たちは、子どもの「荒れ」や「揺れ」や「つまづき」で気づいたことがたくさんあり、自分を振り返り、大人になっても人は成長できると実感したからこそ、忘れないで記しておくことを選択したのだと思います。

そして、今苦しんでいる人たちに自らの経験を届けることで、何かの役に立つのではないかという思いも読みとれます。

「非行」と向き合う親たちの会（あめあがりの会）は、二人の母親と三人の専門家が呼び掛けて、一九九六年十一月に発足しました。

東京で語り合う例会を開き、各地からも参加者が集い、「死にたいくらいつらい」思いを語り合って数年後には、会に参加していた人たちが地元で同様の会を始めるようになりました。本書にも、そうした地元の親の会につながったという物語が収録されています。今、北海道から沖縄までおよそ三十カ所の親の会が活動し、「全国ネット」という連絡会で交流しています。そうしたことも、発足当初は想像すらしていませんでした。

「孤立」「孤独」はとても苦しいので、判断や行動を狂わせます。自分を責めたり子どもを責めたり、周囲の人たちを責めたりして悪循環に陥ることも少なくありません。でも、同じ思いの人がたくさんいて、それぞれに頑張って子どもと向き合っていると知るだけで、自分自身を少し取り戻すことができるのです。そして、それまで聞こえなかった子どもの声が聞こえるようになり、見えていなかった子どもの置かれた状況についても見えてきて、さらには、子どもの本当の願いや社会の諸課題を感じ取れるようになったりもします。

本書をお読みになった方々が、「非行」に限らず、子どものさまざまな問題に直面した時、「一人じゃない」「頑張っているたくさんの仲間がこの世の中にいる」「きっと、いつか雨は上がる」と感じて、前を向いて歩き続けていただけたら、こんなにうれしいことはありません。

最後になりましたが、私たちの活動を理解し支えてくださる多くの方々に心より感謝申し上げるとともに、「文部科学大臣賞」に選定してくださった〝未来を強くする子育てプロジェクト〟にお礼申し上げます。

二〇二〇年十一月

「非行」と向き合う親たちの会（通称・あめあがりの会）は、いつでも扉を開いて、みなさんをお待ちしています。

「非行」と向き合う親たちの会は、一九九六年十一月に発足しました。「非行」に関しては、さまざまな子どもの問題の中でも、親や関係者の悩みは深刻なのに、支え合うことや援助の手をさしのべることがむずかしい状況でした。それは「非行」行為がたいていの場合、他人に迷惑をかける、大人でいえば犯罪であるからです。

子どもが失敗すると、「親の顔が見たい」とよく言われますが、「非行」については、これまでタブー視されて、親たちは孤立していました。しかし、子どもの「非行」の問題を真剣に考えようというとき、「親の顔」だけで済まされないものがあることは、いま、誰の目にも明らかです。

子どもの「非行」に直面した親は、それまでの人生観がくつがえされるような、苦しい体験をし、その中から多くのことを学ばざるを得ません。それは、家庭の子育てにとっても、また、子どもの教育環境を考える上でも、たいへん重要なものであるはずです。

なぜ、子どもたちが荒れるのか。「非行」の真実の姿を見つめる中で、子どもたちの心の叫びも見えてくるのではないでしょうか。また、子どもたちを取り込もうとする大人の犯罪的な組織がたくさん存在している中で、子どもを「非行」から守ることも大切です。

「非行」と向き合う親たちの会は、すべての子どもたちが豊かに成長することを願って、子どもの「非行」に直面した親たちと教師、研究者などが、知恵と力と勇気を出し合って、支え合い、助け合い、学び合う会です。

現在、毎月五回の例会をもっているほか、会報『あめあがり通信』の発行、公開学習会の開催などをおこなっています。会は、いつでも扉を開いて、みなさんの参加をお待ちしています。

〔連絡先〕

〒一六九—〇〇七三　東京都新宿区百人町一—一七—一四

コーポババ21　非行克服支援センター内

TEL　〇三—五三四八—七二六五

FAX　〇三—五三三七—七九一二

メール　ameagari@cocoa.ocn.ne.jp

特定非営利活動法人（ＮＰＯ）非行克服支援センター

非行克服支援センターは、
①子どもの問題に悩む親や家族を支え、
②子どもたちの非行からの立ち直りをサポートし、
③幅広いネットワークの中で非行をなくしていく取り組みをしていく、
こうした目的で設立されました。
子どもの相談をお受けします。ぜひ、どうぞ。

住　所　〒一六九―〇〇七三　東京都新宿区百人町一―一七―一四　コーポババ21
TEL　〇三―五三四八―六九九六

●「子どもの問題」「非行」についての相談は、〇三―五三四八―七六九九

「非行」と向き合う親たちの会（通称 あめあがりの会）
「ひこう」とむきあうおやたちのかい

代表：春野すみれ

道《みち》
—前《まえ》を向《む》いて歩《ある》き続《つづ》けるために—

2020 年 12 月 10 日発行 ©

編　者
「非行」と向き合う親たちの会

発行者
武田みる

発行所
新科学出版社

（営業・編集）〒 169-0073　東京都新宿区百人町 1-17-14-21
TEL：03-5337-7911　FAX：03-5337-7912
E メール：sinkagaku@vega.ocn.ne.jp
ホームページ：https://shinkagaku.com/

印刷・製本：株式会社シナノ パブリッシング プレス

ISBN 978-4-915143-63-2　C0037
Printed in Japan